언어적 상상력으로 쓰는

시 창작의 실제

전기철

언어적 상상력으로 쓰는
시 창작의 실제

인쇄 · 2020년 5월 15일
발행 · 2020년 5월 20일

지은이 · 전 기 철
펴낸이 · 한 봉 숙
펴낸곳 · 푸른사상사

주간 · 맹문재 | 편집 · 지순이 | 교정 · 김수란
등록 · 1999년 7월 8일 제2-2876호
주소 · 경기도 파주시 회동길 337-16 푸른사상사
대표전화 · 031) 955-9111(2) | 팩시밀리 · 031) 955-9114
이메일 · prun21c@hanmail.net
홈페이지 · http://www.prun21c.com

ⓒ 전기철, 2020

ISBN 979-11-308-1669-2   03800
값 17,500원

교·양·총·서 13

전기철

언어적 상상력으로 쓰는

시 창작의 실제

푸른사상
PRUNSASANG

시란 무엇일까, 하는 질문은 시 창작의 측면에서는 잘못되어 있다. 시에 대한 정의는 철학적이며 학문적인 질문이지 시 창작과 관련한 질문이 되지 못한다. 시를 철학이나 문학적 논리로 파악하느냐, 그림이나 작곡처럼 창작으로 파악하느냐에 따라 그 접근 방법이 다를 수 있기 때문이다.

시를 철학이나 학문으로 파악할 경우, 언어 구조론이나 운율론, 의미론 등을 따져야 할 것이다. 하지만 창작으로 접근할 경우에는 언어 구사법이나 배열의 방법, 단어나 어휘 선택에 대해 논의해야 한다. 다시 말하면 시를 학문의 연구 대상으로 볼 것이냐, 예술의 창작 기술로 볼 것이냐에 따라 그 접근법은 조금 다르다.

본서는 시를 예술적 창작 기술로 인식하고, 시를 어떻게 지을 것인가에 초점을 맞추었다. 따라서 시는 언어에서 시작해서 언어로 끝나는, 언어라는 인식에서 출발한다. 따라서 필자는 언어의 성격을 파악하고, 자신이 쓰는 언어를 어떻게 이해하며, 어떻게 시에 활용할 것인가, 어떻게 변용시킬 것인가를 중점적으로 살펴보려고 했다. 결국 시인이 어떻게 언어를 다룰 것인지가 이 책의 중심 주제라고 할 수 있다. 따라서 필자는 언어에 대한 이해에서부터 시작하여 그 언어를 수집하고, 또한 예술적으로 어떻게 변용할 것인가를 창작자의 입장에서 이끌어갔다.

언어는 발화자나 수신자 사이에서 무수한 떨림을 갖는다. 이 떨림은 그 양자 사이의 인력에 의해서 착점을 갖게 된다. 발화자와 수신자 사이에서 인력이 강한 쪽으로 의미망을 형성하는 언어는 그 중력의 힘에 의존하는 바가 크다.

하지만 어떤 언어들은 그 인력을 거부하고 우주로 날아오르려고 한다. 기존 의미의 자장을 거부하고 어떤 몸짓도 거부하며 새처럼 날아오르려는 언어의 예술적 경이로움은 신비한 마력이 있다. 그러므로 시인은 언어에 대한 신비한 힘을 느낄 수 있도록 상상력을 최대한 띄울 수 있어야 한다.

본서는 시 창작의 안내서라고 할 수 있다. 이 책이 오직 시를 쓰겠다는 사람에게 실제적으로 도움이 되기를 바랄 뿐이다. 그래서 연습문제를 많이 넣었고, 시 창작자가 직접 자신의 상상력으로 문제풀이를 할 수 있도록 했다. 연습문제를 단계별로 풀다 보면 자신도 모르게 시를 쓰고 있음을 느낄 수 있도록 유도했다. 그만큼 본서는 혼자서도 시를 쓸 수 있도록 기획했고, 실전 강의 교재로 활용될 수 있도록 했다.

언어는 그 자체 생명을 갖고 있어서 수없이 바뀐다. 시도 한 시대의 산물일 뿐이다. 본서 또한 우리 시대의 창작법이라는 것을 알아주었으면 한다.

2020년 5월
전 기 철

차례

언어적 상상력으로 쓰는 시 창작의 실제

제1장

언어의 집 찾기

Poetry

시가 묻힌
　　시집의 분묘에서
당신들은 우연히
　　　강철의 내 시를 발굴하고
존경심에 가득 차
　　　낡았지만
여전히 무시무시한 무기처럼
　　　　내 시를 어루만질 거다.

　　　　　　　　　— 마야코프스키, 「목청을 다하여」

1
다중지능

교육심리학자 하워드 가드너에 의하면, 인간은 다중(多重)지능을 갖고 있다. 그런데 우리는 잘못된 교육이나 편협한 사고로 인해 다중지능을 발휘하지 못하고 있다. 사람들은 자신의 지능에 맞는 일을 해야만 성공할 수 있고 재미있게 일할 수 있다고 느낀다.

가드너는 그중 대표적인 지능으로 일곱 가지를 언급하고 있는데, 언어지능, 수리논리지능, 공간지능, 음악지능, 체육지능, 자연이해지능, 대인관계지능, 자기이해지능 등이 그것이다. 언어지능은 언어활동에 적극적이고 뛰어난 지능이다. 외국어 공부를 좋아하고 말놀이나 그 응용을 즐기거나 문학 서적을 좋아하는 것은 언어지능이 발달한 데서 나타나는 현상이다. 수리논리지능은 숫자 계산에 뛰어나거나 수학이나 물리를 좋아하고 논리 풀이를 잘하는 능력이다. 공간지능은 색채의 조화를 잘 맞추고 공간 활용에 뛰어난 능력이며, 음악지능은 노래를 바로 따라 부를 수도 있고 한 번 들은 노래를 변용하여 변주곡으로

부를 수 있는 능력이다. 체육지능은 몸의 균형을 잘 잡거나 체조나 철봉 같은, 몸으로 하는 놀이를 즐기는 능력이며, 자연이해지능은 꽃나무를 잘 키우는 능력이다. 그리고 대인관계지능은 누구와도 쉽게 친해지고, 혼자 있기보다는 누군가와 함께 있는 것을 좋아하는 사람이 가진 능력이다. 또한 자기이해지능은 철학자나 예술가들처럼 자신을 이해하고, 자신을 가꾸고, 자신에 대해 탐구하는 능력이다.

10년간 병원에서 일해온 간호사가 왠지 자신은 간호사가 적성에 맞지 않는다고 생각한다든지, 5년 동안 교사로 일해온 사람이 교사직이 적성이 맞지 않다고 여겨 화가가 되고 싶어 한다든지, 어떤 잘 나가는 의사가 진료실에는 관심이 없고 시 쓰기에 빠져 있다든지 하는 것은 그쪽으로 발달한 자신의 지능 때문이다.

그러나 하워드 가드너에 의하면 인간은 본래 누구나 이러한 여러 지능을 가지고 있는데, 다른 부분을 개발하지 않아서 쓰지 못하고 있을 뿐이다. 모자라는 부분을 개발하면 그만큼 그 부분의 지능이 발달한다고 보는 게 가드너 교수의 지론이다. 작가에게는 모든 지능이 필요하다. 오늘날의 작품에는 다른 분야와 마찬가지로 통합적 사고가 요구되기 때문이다. 하지만 그중에서도 언어지능과 자기이해지능이 더 많이 필요한 것도 사실이다. 시인은 언어에 대한 이해가 뛰어나야 하고, 자신이 누구인가, 혹은 무엇을 원하는가에 대한 끊임없는 자기 질문을 하는 사람이기 때문이다.

2
언어지능

인간이 언어를 창조하고 사용하면서 그 지능이 폭발적으로 발달하였다고 많은 언어학자나 인류학자들은 주장한다. 언어는 소통을 목적으로 한다. 그 소통은 직접적 소통뿐만 아니라 간접적 소통 또한 중요한 가치를 갖고 있다. 직접적 소통이 일반적으로 사회적인 언어라면 간접적 소통은 예술적 언어이다. 직접적 소통이란 말과 지시하는 대상 사이에 객관적이고 논리적인 관계가 성립되어 발신자와 수신자의 소통이 매개 없이 바로 이루어지는 대화이다. 일상어나 산문 언어에 의한 소통이 여기에 속한다.

이러한 언어는 관례적이고 사회적이어서 창조적이지 않아 쉽게 굳어지는 경향이 있다. 아이러니하게도 이 고착화가 곧 소통의 중요한 역할이기도 하다. 하나의 기호에 해당하는 의미가 하나여야지 둘 이상이면 뜻은 어려워진다. 그러므로 사회적인 언어는 일정한 법칙이 있어서 상호 의사소통이 가능하게 한다. 하지만 하나의 언어를 알면 그 언어가 가지고 있는 뜻에 고착되어 사용자는 언어의 노예가 될 수 있다. 창의적으로 쓸 수 없기 때문이다. 라캉의 말처럼, 인간이 언어를 공짜로 얻었지만 언어는 인간을 식민화한다. 그래서 창작에 뜻을 둔 시인은 그 언어를 끊임없이 새롭게 개발하고 확장하려고 한다. 시인은 언어의 현실적 의미 너머로까지 확장해서 새로운 의미의 언어를 만들려고 하며, 급기야는 그 언어를 아무 뜻도 없는 데로까지 끌고 가려 한다.

시의 언어는 내재적 소통을 추구한다. 즉, 시에서 사용하는 말은 시 안에서만 소통이 이루어지는 언어이다. 그것은 시인이 만들어낸 창의적인 언어이다. 시의 언어는 현실적으로는 전혀 의사소통이 안 되더라도 미적·정서적으로는 풍성한 느낌이 나는 말이다. 그러므로 시를 쓰기 위해서는 시 내적인 언어의 속성을 알아야 한다. 다시 말하면 시인은 일상이나 산문에서 사용하는 말을 시 내부에서 소통되는 내재적인 성질로 바꾼다.

따라서 시인은 자기만의 독자적인 언어 구사법이 있어야 한다. 이를 위해 시인은 자신만의 언어 디자이너가 되어야 한다. 단어를 자유자재로 합성하고 바꾸고, 의미를 확장시키거나 무화시켜, 새로운 말의 조합을 만들어낼 줄 알아야 그 시인을 언어 디자이너라고 할 수 있다. 언어 디자이너는 언어를 재창조한다. 시에서는 말과 말이 만나 새로운 정서를 불러일으킨다. 그러기 위해서 시인은 일상어를 비틀고 왜곡하며, 무작위로 합성하거나 실언을 감당해야 한다.

창의적인 언어를 개발하기 위해서는 무엇보다도 언어가 갖고 있는 의미의 범위를 이해해야 한다. 단순한 사회적 뜻에서 무의미까지의 부챗살처럼 퍼질 수 있는 말의 뜻을 이해하지 않고는 창의적인 말을 개척할 수 없다. 그 한쪽 극단이 일상어인 사회적 언어라면 다른 극단이 언어의 기호성이다. 기호는 버스의 냄새도 될 수 있고, 휴대폰의 맛도 될 수 있다. 다시 말하면 모든 것들은 몸의 기호로 이해될 수 있다. 우리가 감각을 열어 맛본 세상은 모두 기호다. 기호는 의미에서 자유롭다. 기호는 사람에 따라 시대나 환경에 따라 그 의미가 얼마든지 달라지기 때문이다. 그래서 어떤 이는 모든 말은 번역이라고 했다. 이는 시에서는 더욱더 분명하다. 시에서 불행이나 절망, 고독이라는 말은 시인이나 독자에 따라 달리 다가온다. 자신의 욕망이나 이해 범위에 따라 말의 뜻은 달리 다가온다. '아담'이라는 말은 성경 속의 사람일 수도 있고, 누군가의 이름이기도 하고, 어떤 대상 없이 부르는 이름이거나, 여자 이름일 수도 있을 것이다. 작품 안에서 시인이 어떻게 쓰느냐에 따라 그 의미는 얼마든지 달라질 수 있기 때문이다. 시인은 사회적 언어에서 자기만의 언어로, 그리고 그 역으로 건너다닐 수 있어야 한다. 시인은 창작자이면서 사회적인 존재이므로.

시는 우리의 감성적 욕망이나 꿈을 표현한다. 프로이트에 의하면 우리의 욕망이 꿈으로 바뀔 때 그것은 압축되거나 전이된다고 한다. 그 꿈의 언어는 시의 언어와 유사하다. 창의적인 언어 사용자는 자신의 욕망을 꿈으로 인식하여 그것을 새롭게 합성하고 왜곡한다. 이렇게 말을 합성하고 왜곡하며, 재배열하기 위해서 시인은 우선 많은 어휘를 알아야 하고 그 쓰임을 다양하게 할 줄 알아야 한다.

그러면 다음에서 현재 자신의 언어 능력을 살펴보기 위해 몇 가지 자가 측정을 해보기로 하겠다.

연습 1 다음을 지시한 대로 해보시오. 시를 쓴다는 생각을 버리고 말들에서 미적 정서가 느껴지도록 완성해보기 바랍니다.

(1) 3분 내로 떠오르는 단어를 적되 중복되거나 비슷한 말은 빼시오.

(2) 다음 도형을 이용해 자신이 그리고 싶은 그림을 완성한 다음 문장으로 써보시오.

◐ ∠ ◎ ■

(3) 피카소의 그림 〈거울 앞에 선 여인〉를 보고 떠오르는 대로 3행 이상 써보시오.

(4) ♫의 냄새를 직관적으로 3행 이상 문장으로 적으시오.

(5) ◇의 맛을 체험에서 끌어와 2행 이상 쓰시오.

(6) 하늘의 표정을 느낀 대로 적으시오.

(7) 직선에서 나는 소리를 들리는 대로 적으시오.

연습 2 다음을 지시에 따라 써보시오. 시를 쓴다는 생각을 버리고 언어들이 정서적으로 다가오도록 해보시오.

(1) '나는 울고 싶다'를 구체적인 느낌이 나게 고쳐 써보시오.(절대로 '울다'는 말이 들어가면 안 됨)

(2) 빈 종이컵에 가득한 얼굴의 표정을 적어보시오.

(3) '새', '공동묘지'란 단어가 들어가도록 두 문장으로 만들되 단문으로 엮어보시오.

(4) 고독을 가만히 들여다보고 그 고독의 행로를 구체적 이미지로 적어보시오.

(5) '비상구', '점심', '철학'이라는 단어들을 구체적인 현장감이 느껴지도록 한 문장으로 합성해보시오.

(6) '교회당', '기차역', '노숙자', '봉제 인형'이라는 단어들을 상상력으로 합성해 3행 이상으로 만들어보시오.

위의 예들은 언어에 대한 미적 정서가 얼마나 발달해 있는지 자신의 수준을 알아보고, 시의 세계, 혹은 예술의 세계로 들어가는 문을 두드려보기 위해서 만들어놓은 워밍업과 같은 연습문제이다. 글을 쓰는 사람은 시인이 아니더라도 언어를 자유롭게 활용할 줄 알아야 한다. 문학의 언어는 형상적이다. 형상이라는 뜻은 그 말이 구체적 현장감을 가져야 한다는 의미이다. 그 말에서 울림이나 모양, 맛, 촉각, 냄새가 나는 게 형상이다. 그래서 시인은 형상적 상상, 혹은 사색을 할 줄 알아야 한다. 지식인이 관념적 사유를 한다면 시인, 혹은 예술가는 형상적·감각적 표현을 한다.

언어의 범위는 단순 지시성이 한쪽 끝이라면 그 극단의 반대쪽에 기호성이 있다. 지시적인 언어는 일상적 산문 언어로서 어떤 낱말이 하나의 대상을 갖는 말이다. 그에 비해 기호로서의 언어는 의사소통에서 자유로운 창조적인 표현의 매개체이다. 일상적 산문과는 달리 시의 언어는 우리가 의도했던 생각을 정확히 표현할 수 없다. 다시 말하면 산문에서 어떤 말은 언어 밖의 어떤 사실과 의미가 정확하게 연결되어 있다. 하지만 시에서 언어는 작품 내적 관계에 의해서 그 의미가 결정되는데, 그것도 느낌으로 다가와 기호성에 가깝다. 이것이 시의 언어가 지니는 한계이자 가능성이다. 만일 우리가 죽고 싶다는 생각을 한다면, 우리의 그러한 감정은 느끼는 사람에 따라 아주 다를 것이다. 따라서 그와 같이 섬세한 감정을 표현할 수 있는 말이 없기 때문에 시에서 비유를 쓰고 상징을 쓴다. 하지만 그렇게 비유나 상징을 쓰고 보면 그 말들은 우리 자신의 의도를 벗어나 그 자체가 시인으로부터 독립하려고 한다. 여기에 시인의 갈등이 일어난다. 시의 언어는 늘 시인을 배반하려고 하며, 심지어 그 언어는 자신의 본래 의미까지도 배반하려 한다. 그 때문에 기호로서의 언어인 기표는 다양한 기의로 나아갈 수 있다고도 하고, 더 나아가 기표는 또 다른 기표를 끌어들인다는 말까지 나온다. 이 말은 시에서 자신의 의도나 생각을 드러낼 수 없다는 뜻이기도 하고, 독자는 시인의 의도대로 읽어주지 않는다는 의미도 내포하고 있다. 그래서 롤랑 바르트는 시에서 의미는 열려 있다고 했다. 보다 엄밀히 말해서 누군가의 말을 진정으로 알아들으려면 우리는 그 말을 번역하거나 통역해야 한다. 그러므로 시인은 많은 말을 알고 싶어 하고, 언어 속에서 상상을 하며, 그 언어의 의미의 한계를 극복하려 노력하고 작업한다. 따라서 시인은 일상적인 진술의 언어를 쓰기도 하고, 또 다른 극단에 있는 기호를 쓰기도 한다. 시인은 그 양극단 사이에서 미적인 언어를 구사한다.

　시인은 언어 수집가이며, 언어 마술사이기도 하다. 시인은 언어를 자유자재로 활용할 줄 알아야 한다. 말의 뜻에 얽매이지 않고 말을 창조적으로 쓸 수 있어야 한다. 그렇지만 시인은 절대로 언어의 사회성을 무시해서도 안 된다. 왜냐하면 그의 시는 일반 독자 속에서 파고들어야 하기 때문이다. 다음은 시에서 뽑은 몇 소절이다.

■ 다음 시에서 말이 얼마나 자유롭게 쓰이고 있는지 보자.

① 너는 말끝마다 죽기가 너무 힘들다며 맨소래담한다 맨들맨들 동그랗게 한 시대가 미끄러지면서 맨소래담한다 전깃불 아래서 그림자 지도록 맨소래담하다가 까무룩 졸기도 하고 머릿속 스위치가 꺼질 때도 맨소래담한다

② 유독 높이를 가늠할 수 없던 나의 첫 짐승 같은 건물
　건물과 건물 사이로 가볍게 곤두박질치는 햇빛들을 손톱이라 부르자
　버려진 손톱을 먹은 쥐는 왜 나를 닮았을까
　　　　　　　　　　　　　　　─ 박성준, 「육면체로 된 색깔」 부분

　시 ①에서 "맨소래담"이란 피부에 바르는 약(도포제) 이름이다. 그런

데 그 말을 서술어로 쓰고 있다. 하지만 그 말이 전혀 어색하지 않다. 그리고 시 ②에서는 건물을 "나의 첫 짐승 같"다고 하고, 햇빛을 손톱이라 부른다. 엉뚱하게 쓰인 이런 말들이 전혀 어색하지 않는 이유는 그 말들이 시 전체에 미치는 파급적 효과에서 오히려 의미나 미적으로 상승 작용을 일으키고 있기 때문이다.

들리는 것은 보고 보이는 것은 들어라.

3
언어의 집 찾기

시인은 자기 세계를 가꾸는 사람이다. 자신의 언어의 집을 짓는 사람이 시인이다. 내가 바라본 세계, 내가 꿈꿔온 세상, 나의 환상 속에서 지은 세계를 꾸미는 사람이 시인, 혹은 예술가이다. 예술가는 음악으로 마을을 짓기도 하고, 그림 속에서 살 수도 있다. 그런데 다른 예술가와 달리 시인은 언어의 집을 짓고, 그 언어의 집에서 언어로 된 수프를 만들어 먹는 자이다. 언어로 살고 언어로 죽는 그가 곧 시인이다.

그러므로 시인은 자신의 언어를 가꾸어야 한다. 그러기 위해서 우선 '나'라고 하는 존재가 무엇인가를 먼저 알아야 한다.

어떤 아이가 학교에 가면 늘 늦게 돌아왔다. 엄마가 아이의 뒷조사를 해보니, 아이는 학교에서 힘 좀 쓰는 다른 아이의 가방을 들고 다니다가 그 아이가 집에 돌아간 뒤에야 돌아왔다. 속상한 엄마는 정신과 의사와 의논하였다.

"어머님, 현수가 자존감이 없어서 그런 것 같아요. 아이에게 자존감을 길러주세요."

"어떻게 하면 아이의 자존감이 높아질까요?"

"자기가 독립된 존재이며, 이 세상에서 누구도 대체할 수 없는 자신만의 삶과 꿈이 있어야 한다는 걸 가르치세요."

그때부터 엄마는 자기 이해에 도움이 될 수 있도록 아이의 행동이나 인식을 유도하기로 했다. 즉 엄마는 무엇이든지 아이가 원하지 않으면 알아서 해주지 않기로 했다. 그렇게 하자 아이는 점점 자신이 무엇을 원하고, 무엇을 싫어하는가를 생각하게 됐다. 그때부터 아이는 자신의 의견이나 자의식을 갖게 되었다. 이러한 상징적 단계로 나아가면서 아이는 불행과 고독을 경험하겠지만, 그 과정은 성숙하게 되고 자기만의 인생을 꾸밀 수 있는 단계로 나아갈 수 있게 된다.

예술가가 되기 위해서는 우선 내가 누구인가를 알고 싶어 해야 한다. 나는 무엇을 원하는가, 무엇을 쓰고 싶은가를 알고 싶어 해야 한다. 내가 그리고 쓰는 세계는 어떤가를 알아야 자신을 표현할 수 있기 때문이다. 궁극적으로 예술가는 자신의 인생관을 찾아내고 그 인생관을 추구하는 자이다. 시인도 마찬가지이다.

초보자들은 우선 나에 대한 솔직한 고백에서부터 출발해야 한다. 작품을 쓰는 사람은 자신의 치부까지도 구체적으로 드러낼 수 있어야 하며, 그러기 위해서 자신의 모든 인생을 생생하게 드러내려고 노력해야 한다. 나의 불행과 나의 고독, 나의 과거, 나의 절망 등 나의 모든 것을 솔직하고도 섬세하게 드러내는, 심지어 과장하기까지 하는 사람이 시인이다. 가끔 소심한 시인들이 자신을 드러내지 않으려 하는 경우가 있다. 그래서 마치 도덕군자처럼 쓴다면 그의 시는 독자에게 감동을 줄 수 없다. 오히려 그와 반대로 시인이 자신의 치부를 솔직하게 드러냄으로써 오히려 그의 시가 독자들의 호응을 얻을 수 있다. 자신이 가장 부끄럽다고 생각하는 부분이 나일 수 있기 때문이다. 그래서 어떤 시인의 경우, 과장해서 성적인 얘기를 쓴다든가, 끼를 드러내려고도 한다. 솔직한 나, 현실 속의 나, 내 마음을 적나라하게 드러낼 수 있어야 시인이다. 시란 나로부터 시작하여 나의 절망을 통해서 새로운 영역으로 나아가, 꿈을 찾아가는 양식이기 때문이다. 무엇보다도 우선, 시인은 자신의 감성을 풀어놓을 수 있어야 한다. 나는 하나의 우주다. 우주는 나로서 응축되어 있는 미니어처이다.

시인은 자폐적 상상 속에서 살아가는 존재이다.

그러므로 나 자신을 잘 알지 못하고서는 나를 쓸 수 없다. 나의 과거며, 현재, 그리고 나의 미래까지도 시인은 알아야 한다. 자신이 어떻게 살았으며, 어떻게 살고 있고, 어떻게 살아갈 것인가를 알아야 시인이다. 자신을 적나라하게 바라볼 수 있는 사람만이 '나'를 쓸 수 있다. 그러기 위해서 먼저 시인은 자신을 사랑할 줄 아는 사람이어야 한다. 나의 모든 면을 사랑하고 아낄 줄 알아야 한다. 특히 시인은 자신의 과거 하나하나가 주옥같이 빛나는 소재이며, 감성이며, 철학이라는 것을 깨달아야 한다. 또한 현재의 나 자신을 꿰뚫어 섬세하게 들여다볼 수 있어야 내가 뭘 쓰고 싶은지, 어떻게 써야 하는지를 깨달을 수 있다.

그리고 나를 표현하기 위해서는 나를 둘러싼 언어를 수집해야 한다. 내 주변의 언어를 수집하면 그 속에 내가 있다. 시인은 언어로 이루어진 존재이기 때문이다. 그리하여 자신만의 언어의 집을 지어야 한다.

더 나아가 시인은 주관적인 나를 객관적으로 바라볼 수도 있어야 한다. 나는 시 속에서 꽃일 수도 있고, 어승일 수도 있으며, 물속을 헤엄치는 물고기나 먼 과거의 왕일 수도 있다. 그는 시간과 공간을 확장하여 주체를 크고 넓게 바라보아 다양한 방법으로 나를 표현할 수 있어야 한다. 그리고 시인은 자신 안에서 우주를 찾는 자이므로 냉정하게 객관적으로 주체를 바라보아야 한다. 우주의 시간과 공간이 나라고 하는 미니어처에 응축되어 있기 때문이다.

시인은 자아를 확대하여 주관적인 자아에서 벗어난다. 오늘날 주체 망실의 철학에서는 개별적인 '나'라는 주체는 존재하지 않는다. 나는 타인을 보면서 형성된 존재이기 때문에 우리는 타인의 욕망에서 자아를 인식한다. 그러므로 그 철학에서는 '나'의 감상에 빠지지 말라고 한다. 주체를 너무 드러내면 감상적이 되어 주체를 객관화할 수 없다. 궁극적으로 주체란 존재하지 않기 때문이다. 시인은 언어로 이루어져 있다. 언어는 주체를 배반하고, 뿐만 아니라 뒤따라오는 말이 앞의 말을 배반하기도 한다. 나라고 하는 존재는 언어의 집 속에 있는 것이지 산문처럼 그 말을 둘러싼 주변의 사물이나 상황 속에 있지 않다. 우선 나를 알기 위해서는 내 주변의, 내가 알고 있는, 내 속의 언어를 수집하고 엮어야 한다. 그 언어의 집에서 칩거하다가 어느 날 밖으로 나오면 수많은 다른 언어의 집들이 주변에 있는 걸 알게 된다. 그렇지만

'나'라고 하는 자아는 결국에 가서는 해체되고 만다. 자아란 본래 없는 것이므로.

■ 다음 시에서 '나'가 어떻게 변용되는가를 보자.

① 난 우주에서 왔어. 마젤란 지나 안드로메다 그 어름. 나는 가끔은 여자이기도 하지만 남자가 되기도 하지, 내 손은 어둠이야, 창문으로 툭, 가슴에서 맨발을 내밀기도 하지
　고양이는 나를 의심하지
　나는 너일 때도 있지만 그녀라고 불리기도 해

집시/해골들/장승/알람시계/궤도 ; '나는 우울하다'라는 말이 들어가지 않지만 그 느낌이 들게 합성해보면 다음과 같다.

② 알람시계가 지구의 궤도를 걷는다
　칙, 촉, 칙, 촉,
　밤 속을 걷는 짐승처럼
　공동묘지를 서성이는 해골처럼
　먼 길을 돌아오는
　집시 한 사람
　태양의 후미진 길을
　어제보다 깊이

시 ①에서 나는 남자이기도 여자이기도 하다. 뿐만 아니라 나는 '너'가

되기도 한다. 그리고 ②에서는 '나'의 우울을 표현하고 있는 것 같지만 시의 화자는 일반적 자아이거나 집시의 모습으로도 나타난다.

연습 3 다음 말들을 시적 주체를 고려하면서 지시에 따라 설명이 아니라 순간적인 감각, 즉 구체적 직관으로 엮어보시오.

(1) 알레르기/관리인/바늘/우물 ; '나는 슬프다'라는 말이 들어가지 않지만 그 느낌이 들게 정서적으로 연결해보시오.

(2) 이빨자국/휴대전화/우울/지구/페달 ; '생각한다'라는 말을 반복해서 리듬감 있게 연결해보시오.

(3) 개밥그릇/모자/엘리베이터/뼈/각주 ; 앞과 뒤의 말들이 직접적으로 연결되지 않게 각각을 단문으로 이어보시오. 하지만 전체적인 느낌으로는 하나로 연결되게 해보시오.

(4) 종이비행기/일회용/핏줄/바람의 집/화이트데이 사탕 같은 얼굴/잠든 길/잠으로 얼룩진 창문/새/베토벤/고요 한 봉지 ; 각 단어에서 느껴지는 구체적 감각을 적어 연결해보시오.

(5) 양/언덕/고양이/수첩/공중전화 부스/빗방울/봄/오후 ; 각 말들의 냄새를 맡아보고, 그 냄새를 중심으로 연결해보시오.

과제 1 다음 낱말이나 이미지들을 이용해 시로 쓰되, 주제가 없어도 상관없으니 언어로 된 한 편의 그림을 그려보시오.

(1) 밤의 언덕에 난파하다

(2) 니체가 낙타를 끌고 가다

(3) 사물들의 웅성거림을 노트에 쏟다

(4) 일기예보를 읽는다

(5) 부루퉁하다

(6) 접어놓은 밤

(7) 그날의 시놉시스

(8) 울음이 목에서 그네를 타다

(9) 베란다에 올망졸망 피어 있는 빛

(10) 생각이 핏줄을 타고 몸속을 한없이 흘러가다

(11) 상한 어둠의 냄새

(12) 부패한 말들을 호주머니에 쓸어 담고

(13) 아침 햇살의 금빛 소란

(14) 밀봉한 시간으로 벌들이 날아든다

(15) 길, 힐끗

(16) 추저분하다

(17) 시가 늑대처럼 주변을 어슬렁거리다

(18) 웅숭깊다

(19) 구피는 제 새끼를 먹고

(20) 상어를 풀어놓고 싶다

제1장 언어의 집 찾기

언어의 집 만들기

Poetry

시란 깊은 미련이 있는 막대기 같은 것. 실과 바람에 흔들리는 단자쿠(短冊),
애석한 몽당연필 같은 "검정 몽둥이 같은, 하늘다람쥐 같은 ……"
　　　　　　　　　— 요시마스 고오조, 「교토에서 오는 어미 고래를 위하여」

1
언어 디자이너

언어는 본래 사회적이며 논리적인 체계를 갖고 있다. 따라서 사회적이고 논리적인 매개체인 언어를, 상상력을 추구하는 예술에서 사용하는 것은 그렇게 쉽지 않다. 뿐만 아니라 예술의 뇌와 언어의 뇌는 다르다. 예술의 뇌는 감각적인 뇌이며 우뇌이다. 그에 반해 언어의 뇌는 논리적이며 언어활동을 관장하는 좌뇌이다. 우리는 일상생활 속에서 논리적이고 합리적인 언어, 즉 의사소통의 언어를 사용한다. 하지만 기발한 상상이나 판타지, 새로운 세계를 개척하는 아이디어는 우뇌가 관장한다. 따라서 예술가는 우뇌가 발달되었다. 그만큼 예술을 하는 사람은 논리적인 사고 능력이 필요한 학습 능력이 조금 떨어진다고 한다. 그런데 사회적인 언어를 사용하여 예술적 상상력을 발휘해야 하는 데에 예술가의 고충이 있다.

따라서 사회적이며 논리적인 언어로 자기만의 상상 세계를 추구하는 시를 쓰는 것은 쉬운 일이 아니다. 어떻게 보면 시인은 음악가나 화가들보다 훨씬 어려운 환경 속에서 작업을 한다. 시인은 음악가나 미술가와는 달리 사회적인 언어라는 재료를 예술의 미적 세계를 구축하는 데에 써야 하기 때문이다. 또한 어떤 말이나 써놓고 보면 사회 쪽으로 끌려가버리기 쉽기 때문이다. 여기에 시인의 갈등이 있다. 시인은 때로는 논리적인 언어와 타협해야 하기도, 그 언어를 비틀거나 짜깁기도 하면서 언어의 규칙과 대결하기도 해야 한다. 그래서 시인은 결국 그 사회적 언어를 예술적으로 변용해야 한다. 무엇보다도 사회적 언어는 화자의 욕망을 위한 속임수의 도구이다. 그 언어에는 진실이 없다. 그러므로 그 언어를 비틀지 않으면 안 된다. 따라서 시인은 타락한 언어 속에서 진정한 세계로의 꿈을 꾼다.

그러므로 시인은 논리적인 언어가 예술적으로 작용하도록 해야 하는, 언어 창조자이며 디자이너이다. 시인은 낱말이나 어휘를 수집하고, 그 낱말이나 어휘를 적절하게 결합하고 합성하여 새로운 의미나 형태를 창조하는 작업을 통해서 언어의 현란한 디스플레이를 한다. 즉 시인은 언어 창조자이며 디자이너이다. 다시 말해서 시인은 언어 나무를 예술적으로 가꾸는 예술가이다. 논리적으로 만들어진 씨앗, 즉 하나의 언어를 발견하여 땅에 심으면, 떡잎이 생기고, 줄기가 생기고, 수많은 가지와 이파리가 나온다. 그리고 거기에 꽃이 핀다. 이것이 언어 나무이다. 시인은 논리적 언어의 씨앗으로 새로운 언어 나무를 키우기 위해, 그 모종에 예술적인 햇빛을 더하고 창의적인 거름을 주어 또 하나의 상상의 꽃을 피운다. 따라서 그는 언어가 있는 곳을 찾아다니고, 수집한 그 언어를 닦고 마름질하고 손을 보아 새로운 언어의

　　　　　　　　　　　　　제2장　언어의 집 만들기

꽃을 피운다.

언어란 본래 그물과 같다. 언어는 자신이 뜻하는 바를 붙잡기 위한 수단이다. 하지만 인간의 상상 속 어떤 생각을 언어로 붙잡는 데에는 한계가 있다. 이 한계를 극복하고 표현하고 싶은 생각을 최대한 가깝게 표현하려는 말이 비유의 언어이다. 너무 복잡하고 섬세한 정서를 일반적인 언어라는 그물로 붙잡기란 쉽지 않다. 이때문에 시인은 기존의 언어를 변용한다.

시의 언어는 정서적인 언어이다. 사회적으로는 소통이 되지 않더라도 시 내적으로는 풍성하고 정서적인 느낌을 준다면 그것이 시에서는 좋은 언어이다. 그러므로 시인은 비슷하지 않은 낱말이나 어휘를 합성하거나 변형 조합하여 새로운 아름다운 언어의 구조물을 창출한다. 그 새로운 언어는 때로는 그림처럼 눈에 선하기도 하고, 악보에서처럼 소리가 들리기도 하며, 중력을 이겨내고 우주로 떠오르기도 한다.

시인은 언어에서 논리적인 부분을 억제하고 정서적인 부분을 부각시켜 예술적으로 쓴다. 이를 위해 시는 미술이나 음악이라는 고유한 예술 영역의 도움을 받기도 한다. 미술과 음악은 순수예술이기 때문이다. 그래서 시인은 기호학자들처럼 언어에서 기호적인 측면을 강조한다. 기호학자들에 의하면 언어란 본질적으로 기호의 결합으로 만들어진다. 그리고 기호를 어떻게 결합하느냐에 따라서 언어의 의미는 재창조된다. 시인은 이러한 언어의 기호적인 면을 창작에 활용하면서 자신의 정서를 최대치로 드러낸다.

소설가가 문장과 이야기로 상상한다면 시인은 낱말과 이미지로 상상한다.

문장은 논리적인 구조를 갖지만 단어는 그렇지 않다. 문장은 실제와 관련을 갖기 때문에 논리적일 수밖에 없다. 하지만 낱말에는 논리가 없다. 기호학자 벤베니스트에 의하면, 낱말은 내적 실제에 따르고 문장은 언어 밖의 사물과 관련을 맺는다. 그러므로 문장은 매번 다른 사건이다. 문장은 만들어지고 곧 사라지는, 순간에만 존재한다. 그것은 소멸되는 사건이다. 그만큼 낱말은 문장을 통해서 언어 밖의 실제와 연결되어 의미를 갖는다. 벤베니스트는 기호가 무의미를 말하는 게 아니다, 라고 한다. 낱말은 내적 실제에 따르지만 문장은 사건이라는 말이 곧 그와 같은 뜻이다. 문장은 사건으로서의 실제와 연결된다. 벤베니스트에 의하면 낱말은 낱말끼리의 관계에 의해서 그 의미가 내재적으로 충족되지만, 그 낱말들이 모여 문장이 됐을 때에는 언어 밖의 사물과 연결된다. 그 언어 밖의 사물이나 사건은 곧 실제이다. 이를 참고해볼 때 산문이 문장 중심으로 짜여 있다면 시는 낱말 중심으로 되어 있다고 할 수 있다. 낱말 중심이라는 뜻은 시에서 문장을 쓰지 않는다는 의미가 아니라 문장이 정상적인 문법으로만 되어 있지 않다는 의미이다. 모든 문장은 진술이나 표현이다. 진술이 보다 객관적·논리적이라면 표현은 주관적·개인적이다. 산문 문장에서는 정상적인 진술과 표현을 쓰지만 시 문장에서는 그와 같은 정상적인 진술과 표현을 왜곡한다. 왜냐하면 시에서의 문장은 논리적 구조를 넘어 끊임없이 재구성되기 때문이다. 따라서 그 문장의 구성 방식 여하에 따라 낱말은 그 의미를 얼마든지 달리한다. 시에서 기존의 문법을 왜곡하고 무시하는 이유는 문법보다는 시 언어의 내적 구조가 더 중요하기 때문이다. 다시 말하면 시는 낱말을 이미지로 엮어 문장을 만든다. 여기에서 문장은 산문 문상과 다르게 미적으로 재구성된다.

시의 도구란 기본적으로 언어이지만 그 언어는 미적 언어이다. 그리고 그 미적 언어는 정서적 언어이며 리듬 언어이다. 그 언어는 몸의 감각과 정서적 풍경에서 나온다. 주체와 언어가 감각을 통해 화학적·물리적 합성을 이루어 새로운 미적 풍경을 만들어낸다. 시에서 언어는 미적 세계를 구축하는 도구이다. 그 언어는 비유나 상징으로 되어 있다. 시에서 비유나 상징은 미적 정서를 풍부하게 드러내는 장치이다. 미적 언어는 풍성한 감각으로 다가오는 언어이다. 대개 이 언어는 기존의 의미를 넓히고 고양하는데, 그것이 미적으로 다듬어진 언어이다.

음악이 음의 조합으로 미적 정서를 만들어내고, 미술이 색채의 조합으로 미적 감각을 불러오고, 조각이 재료인 돌을 고른 후 적절히 다듬어 아름답게 보이게 하듯이, 시는 기존의 일상적인 언어를 미적 정서가 일어나게 다듬은 언어를 재료로 삼는다. 즉 시에서는 언어를 정서적으로 변형하고, 미적으로 다듬는다. 그 언어의 시적 장치가 이미지와 리듬이다. 이미지가 그림의 용어라면 리듬은 음악에서 빌려온 용어이다. 이미지는 사회적으로 굳어 있는 낱말의 일반적인 의미에서는 낯선, 또 다른 세계를 보여주는 미적 장치이다. '손가락'이라는 말은 너무 고정되어버린 말이다. 그 말은 사회적으로 쓸 경우 창의적이지 않아 거의 죽은 말이라고 할 수 있을 정도로 새로운 내용을 담고 있지 않다. 그런 평범하게 굳어져 있는 그 말을 '손가락이 중얼거린다'로 만들어놓으면 손가락이라는 평범한 말은 변화를 거치게 된다. 그러면서 그 손가락은 새로운 손가락이 된다. 말하는 손가락인 것이다. 그러나 이러한 말도 오래 쓰면 또 굳어진다.

이와 같이 시어는 그 의미나 쓰임이 이미 굳어져 있는 말을 아름답게 느껴지도록 말을 재생시킨 말이다. 그만큼 시어는 새롭고, 충격적이며 포용적이다. 말은 쓰면 그 의미가 쉽게 굳어져버린다. 그러므로 시인은 끊임없이 새로운 말을 창조한다. 그 새로운 정서의 말이 곧 이미지이다. 이미지를 접함으로 해서 사람은 정서적으로 새로운 세계를 맛본다. 이미지는 우리의 마음을 새로운 영역, 정서적으로 미적 세계로 나아가게 해준다. 그러므로 새로운 이미지를 발굴하면 그 이미지로 인해 우리의 감각이나 정신세계는 미지의 아름다운 세계로 나아간다. 이미지란 허상이다. 사실이나 진실의 세계를 이미지로 바꿔놓으면 그 세계는 존재하지는 않지만 있을 법한 아름다운 세계가 된다. 그때 우리의 영혼은 고양된다.

시란 평범한 사물이나 세계, 혹은 관념을 정말 처음 본 듯하게 미적으로 만든 언어의 구조물이다. 따라서 시는 평범한 언어를 변형하여 새로운 꿈을 꿀 수 있게 해준다. 시계가 있다고 하자. 시계란 시간을 알려주는 기구이다. 정확해야 하고, 과거와 현재, 그리고 미래를 알려주는 장치이다. 이런 평범한 사물을 사실적으로 드러내면 시적 상상력은 작동하지 못한다. 그것을 새롭게 보이도록 상상력으로 새로운 시계로 만들어야 한다. 아무도 그렇게 보지 않았던, 처음 본 듯한 시계로 재탄생시켜야 한다. 평범한 것을 낯설게 해야 한다. '시계가 나에게 아침을 배달한다./나는 시간의 회초리를 맞으며 하루를 엮는다.' 여기에서 시계라는 그 의미가 굳어진 말은 이미지와 리듬을 통해 변환되어 우리에게 미적 정서를 불러일으킨다.

하나의 낱말이나 문장이 미적 정서를 갖게 하려면 일상적인 말은 미적으로 전환되어야 한다. 따라서 시인은 뒤집어서 생각하기, 합성하기, 착란이나 환각 상태로 보기, 연상의 중간 부분 삭제하기 등 여러 방법을 동원하여 기존의 언어를 미적으로 재구성하여 독자의 상상력을 자극해야 한다. 시는 독자의 상상력을 통해서 완성되기 때문이다. 시인은 구름이 중얼거리는 소리를 듣고 바람이 쓰는 글씨를 읽고 내 심장이 가는 곳을 알아야 한다. 또한 시인은 언어의 미적 효과를 극대화하기 위해 그 언어에 미적 쾌감을 불러일으킬 수 있도록 다양한 방법을 동원해야 한다.

■ 다음 시들에서 말들이 어떻게 미적 쾌감을 일으키는지를 보기로 하겠다.

① 꽃자리에 들어앉아 눈을 뜨는 넝쿨은 떨림일까 숨차게 번지는 초록은 소름일까 꽃망울은 서둘러 허물을 벗어야 할까

너는 빨강을 좋아한다고 했지
나는 풀밭에 앉아 립스틱을 부러뜨렸어
피의 반란을 일으키는
장미의 가시

— 양소은, 「네 입술은 빨강」 부분

② '그렇지만' 이란 말 속에 숨어버린 쉿! 소리를 낮춘 밤으로 구부러지는 기억이 철길을 건너요 방음벽을 타고 오르는 어둠을 프린트해요 얼룩진 그림자가 숨어드는 허공의 계단을 밟는 고요, 꽃들이 컹컹 짖어요

눈 속에 가득한 소리 들어본 적 있나요 염주처럼 굴러다니는, 하양보다 검정이 편안할 때가 있죠 존재의 그늘에 대해 설명하지 말아요 누군가는 무덤 속에 앉아 있어요

— 박지우, 「밤의 입술」 부분

위 시 ①에서 넝쿨은 떨림이 되고 초록은 소름이 된다. 너의 빨강과 나의 립스틱은 대립되는 듯 이어지고, 피는 장미의 가시를 불러온다. 낱말들이 미적으로 재구성되어 상상력을 불러일으킨다. 그리고 앞 연이 산문적으로 구성되어 있는 데 비해 다음 연은 행갈이를 하고 있다. 그만큼 그 느낌 또한 색다르다. 그리고 시 ②에서 "허공을 밟는 고요, 꽃들이 컹컹 짖어요"라는 모호한 문장은 말과 말의 간극으로 새로운 느낌을 갖게 한다. 밤과 입술과 자음, 그리고 소리, 문 등은 서로 아무 연관 없이 충돌하면서 독자에게 새로운 느낌을 준다. 이러한 말들은 서로가 서로를 밀어내면서 긴장감을 조성하지만, 그로 인해서 보다

풍성한 미적 정서를 불러일으킨다. "하양보다 검정이 편안할 때가 있죠 존재의 그늘에 대해 설명하지 말아요"와 같은 문장 또한 정서적 깊이가 느껴진다.

시는 일상적인 말을 이미지, 그리고 리듬으로 다듬은 언어의 구조물이다. 시는 미적 언어로 주체의 욕망이나 꿈을 표현하는 문장이다. 하나의 말은 다른 말을 만나면 새로운 뜻을 만들어낸다. 따라서 시인은 시의 기본이 되는 낱말이나 문장을 수집하고, 그 말들을 정서적 효과가 나도록 조합하여 새로운 상상력을 불러일으켜야 한다.

연습 1 다음의 말들을 본래의 뜻이 희미해지도록 앞뒤에 다른 낱말이나 문장을 넣어 그 말이 새롭게 느껴지도록 해보시오. 말들끼리 연결해서 새로운 느낌이 나게 해야 합니다.

　(1) 그네 타는 숨

　(2) 바람의 계단을 밟고 오르는 햇빛

　(3) 우울한 거울

　(4) 오두막

　(5) 마늘빵을 사야겠다

　(6) 강은 바다로 갔다

　(7) 숲으로 가면 비가 있어요

　(8) 외투

⑼ 야만스러운 구름

⑽ 길은 게으른 산책을 해요

　무엇보다도 언어의 예술적 장치는 말들끼리의 감각적 합성이다. 그 대표적인 장치가 이미지이다. 그래서 서정주는, 시인은 이미지의 재벌이라고 했다. 이미지를 구성하는 방법은 합성하기, 공감각 만들기, 착란으로 바라보기 등이 있다. 이미지는 한 단어나 구절, 문장에서도 이루어지지만 여러 문장들의 합성으로도 이루어진다. 따라서 말의 다양한 발화 형태의 뒤섞음으로 이미지는 만들어진다.

　이미지가 의미의 측면에서 언어를 미적 정서로 바꿔주는 장치라면 리듬은 형식적인 측면에서 언어를 미적 정서로 전환시켜주는 장치이다. 리듬은 산문과 다르게 정서적 마디에 따라 행갈이, 행의 길이, 문장부호, 연 갈이를 하는 데에서 나타난다. 같은 말도 세로로 내려 쓰느냐 가로로 나열하느냐에 따라 느낌은 달라진다. 행의 길이나 연의 길이, 쉼표와 마침표 등은 모두 리듬과 관련이 있다.

　리듬이란 감성의 호흡이며, 정서적·미적인 마디이다. 울 때와 단호할 때, 혹은 사실을 나열할 때 리듬은 각각의 독특한 마디를 갖게 된다. 뿐만 아니라 반복구나 의성어, 의태어, 행갈이, 혹은 행의 길이 등은 리듬에서 중요한 요인들이라 할 수 있다. 음악에서 멜로디와 화음을 어떻게 반복적으로 넣느냐에 따라 그 굴곡이 만들어지는 것처럼 시에서 리듬은 감성의 굴곡을 만드는 장치이다. 단순 진술에서의 리듬과 정서적인 표현에서의 리듬은 다르다. 리듬은 시에서 언어의 의미적인 부분을 모두 없애도 무방하게 한다. '라' 음에 소리를 바꾸거나 모음의 차이, 마디를 두어 연속하면 리듬이 발생한다.

라라라라라라, 논, 라라라,
노
노
노논, 랄랄라, 라, 라, 노노노노논노노,
나, 라라, 나

위의 노래는 충분히 시가 될 수 있다. 감성의 마디를 두었기 때문이다. 띄어쓰기와 행갈이, 문장부호를 통해서 시에 정서적 · 미적 마디를 부여한 것이다. 시에서 정서적 · 미적 마디는 이미지의 의미 변환 못지않게 중요하다. 리듬은 의미에 장단과 굴곡을 부여하여 의미가 감성뿐만 아니라 감각적으로 전환되게 해주기 때문이다.

하지만 너무 소리의 리듬에 치우치지 말아야 할 것이다. 자신의 시를 마음속으로라도 소리 내어 읽으면 리듬에 의존하여 시의 이미지를 망가뜨릴 수 있기 때문이다. 리듬과 이미지는 적당하게 서로 얽히고 설키게 해야 한다.

2
우리말로 상상하기

　시에서 언어는 절대적이다. 다시 말하면 시는 언어로 되어 있다. 그 언어는 일반적인 생활언어이다. 그 언어는 주로 감각에 의해 수용된 주관적인 말이다. 하늘을 나는 새 소리, 혹은 한밤중 어디선가 내리치는 망치 소리만을 적어도 시가 된다. 그것은 아무 뜻도 없다. 시는 자신만의 말소리와 모양과 냄새와 맛으로 되어 있다. 따라서 시인은 말을 많이, 그리고 잘 알아야 한다. 뿐만 아니라 그 언어의 속성과 성격 등 말의 삶을 알아야 한다. 자신이 쓰는 언어를 모르고 시를 쓸 수는 없다. 그가 쓰는 말은 어머니 언어, 풍토적인 언어, 즉 태생적인 말이다. 그 태생적인 말은 타인의 말과 섞이며 새로운 환경을 마주하게 된다.

　우리말은 감각어이다. 말 속에 소리와 모양이 있다. 그만큼 우리말은 음성적이며 형상적이다. 생활의 현장에서 저절로 떠오른 말이기 때문이다. 우리말에는 우리 민족의 생활상과 민족성, 그리고 피와 눈물이 그대로 담겨 있다. 이런 우리말이 정치사회적인 영향으로 많은 변화와 굴곡을 겪어왔다. 말이란 인간처럼 생로병사가 있어서 시 속에서만 겨우 명맥을 유지하고 있는 경우도 많다.

그런데 우리 사전 속의 말 대부분은 한자어이다. 그것은 과거의 정치사회적인 영향 때문이다. 오랫동안 중국의 영향권 아래에서 살다 보니 우리말이 생활 속에서 많이 사라지고, 우리말의 자리를 중국에서 수입한 한자어가 차지하게 되었다. 중국에서 건너온 한자어는 성리학과 함께 들어오다 보니 생활어보다는 관념어가 많다. 관념어는 사상, 즉 뜻을 표현하는 언어이다. 시란 사상을 표현하는 양식이 아니다. 시는 우리의 감각이나 생활의 현장을 있는 그대로 나타내는 언어로 되어 있다. 그래서 시의 언어는 순수한 우리 전통의 감각이나 생활을 표현할 수 있는 우리말을 많이 쓴다. 더욱이 우리말 중에서도 풍토적인 말을 사용한다. 자신이 태어나고 자란 곳 사람들이 쓰는 말이 곧 풍토어이다. 그것이 곧 모어(母語)인 것이다. 모어는 어머니의 목소리나 어린 시절 친구들의 억양과 같다.

따라서 시에서 한자어를 쓰면 그 느낌이 반감된다. 우리가 접하는 한자어는 대부분 관념, 즉 머릿속의 언어이다. 시의 언어는 가슴에서 울리는 언어, 피부로 느끼는 언어, 눈으로 보고 귀로 듣는 감각의 언어이다. 다시 말하면 오감(五感)의 언어이다. 물론 관념시가 없는 것은 아니다. 그러나 관념시는 우리 시의 본령이 아니다. 그러므로 시를 쓰기 위해서는 우리의 생활과 감각을 표현할 수 있는 순우리말을 알아야 한다. 시는 의미 전달이 목적이 아니라 생활의 감각을 표현하는 양식이기 때문이다.

우리말은 철저히 생활어이면서 감각어이다. 우리말에 의성어나 의태어가 발달되어 있는 것은 그만큼 우리말이 오랫동안 우리의 생활과 함께 성장해온, 우리 민족과 함께한 감각어이기 때문이다. 한자어가 뜻의 이해를 중시하는 말이라면 우리말은 소리나 모양, 맛, 촉감 등 오감에서 온 말이다. 시의 언어는 감각의 표현이다. 그러므로 시인은 우리말에 대해 깊이 있는 관심을 갖고 우리말을 수집해야 한다. 우리말 꽃 이름, 우리말로 된 부사나 형용사, 동사 등에 대한 관심 없이 시를 쓴다는 것은 거의 불가능하다. 순우리말로만 된 시도 얼마든지 있다.

다음 김소월의 시 「먼 후일」을 보면 순우리말, 그것도 아주 쉬운, 누구나 쓰고 있는 말들로 이루어져 있다. 그만큼 이 시는 우리의 감성을 직접적으로 자극한다.

먼 훗날 당신이 찾으시면
그때에 내 말이 '잊었노라'

당신 속으로 나무라면
'무척 그리다가 잊었노라'

그래도 당신이 나무라면
'믿기지 않아서 잊었노라'

오늘도 어제도 아니 잊고
'먼 훗날 그때에 잊었노라'

위 시는 모두 순우리말로 되어 있다. 그만큼 쉽고 우리 정서에 잘 맞는다. '잊었노라'를 중심으로 '찾으시면', '나무라면', '잊고'와 '말', '그리다가', '믿기지', '먼 훗날'을 대비하여 보다 강하게 그리움을 정서적으로 점층화하고 있다. 그만큼 시에서 우리말은 우리 정서와 가장 잘 맞는 말이라고 할 수 있다.

■ 다음에서 주로 순우리말로 되어 있는 시 두 편을 읽으면서 시적 효과를 살펴보도록 하자.

① 나는 아무것도 이루지 못할 것이리라 비스듬히 너는 삼천포에 갔다, 공원 계단에서 아득하도록 비스듬히, 바다를 내려다보다가, '아득하면 되리라'를 생각하는데, 비긋이 날아가는 구름의 손가락들, 뿌리 내리지 못한 너의 이름들이 비인칭으로, 뭉그러지는 너의 독백들, 녹아내리는 바람의 등고선을 따라, 구깃구깃, 그리고 까마득히

② 처마 밑에 널어 말린 동지(冬至)께 무청처럼 간조롱히 뿌리는 비는

한 치 두 치 나비 재며 한 냥쭝 두 냥쭝 저울에 달며 느실난실 날리는 비는

일껏 발품이나 팔며 그늘마다 구름 기슭 볕뉘처럼 움트는 비는

전당포(典當鋪)도 못 가본 백통(白銅) 비녀 때깔로 새들새들 저무는 비는
— 오태환, 「안다미로 듣는 비는」 부분

위 시 ①은 '비스듬히'라는 순우리말을 중심으로 그 말들의 변용과 그 말과 이어질 수 있는 다른 우리말들을 배치하고 있다. '비스듬히'는 '비긋이'가 되고, 다시 그 말은 '아득하다', '뭉그러지다', '구깃구깃', '까마득히'로 발전하여 '비스듬히'를 보완하고 진전시키는 역할을 한다.

그리고 시 ②는 순우리말이 중심축을 이루고 있다. 앞의 말들을 뒤의 말들이 발전시키면서 행이 이어진다. 낱말들끼리 잇대어지면서 그 낱말에서 풍기는 감성이 점층적인 화음으로 발전해가고 있다. 처음에는 비가 "무청처럼 간조롱히" 뿌리다가, "나비 재며 한 냥쯩 두 냥쯩" 날리다 "볕뉘처럼 움튼"다. 그리고 다시 그 비는 "새들새들 저물"어간다. 우리말이 점층적으로 이어지면서 새로운 풍경과 정서를 불러온다.

이처럼 시는 순우리말을 통해 그 활용도를 최대한 높여 감각적으로 다가오게 쓴다. 그러기 위해서는 평소에 우리말을 많이 모아야 한다. 시인이 우리말에 대한 관심 없이 시를 쓴다면 제대로 된 도구 없이 밭일을 하는 것과 같다. 그러므로 시인은 우리의 생활로 돌아가서, 그 생활 속에 사는 사람들이 쓰는 살아 있는 우리말들을 모으고 활용하도록 해야 한다.

시란 언어의 나무이다. 줄기가 시인의 의도라면 말들은 나뭇잎이나 가지처럼 이러저리 뻗친 색색의 언어라고 할 수 있다. 우리의 토양에서 자란 언어의 나무가 외국산보다 우리 색깔의 언어를 달고 있다면 그 나무는 훨씬 감각적이고 풍성한 정서를 유발할 것이다. 하지만 우리말을 소중히 한다고 해서 이미 죽어버린 사전 깊숙한 곳에 처박혀 있는 언어를 꺼내 쓰는 것은 주의해야 할 일이다. 말이란 생명이 있어서 태어나기도 하고 죽기도 하고, 또 변형되기도 하기 때문이다.

지금은 글로벌 시대이다. 순우리말만 고집한다면 우리끼리의 정서에 매몰될 수 있다. 언어는 항상 공시적이다. 이러한 언어의 특성을 무시한 채 시를 쓴다면 우리 시는 세계문학사에서 고립되고 말 것이다. 모든 문화가 신속하게 교류하고 있는 현실에서 우리말도 이제 세계 여러 나라의 언어와 교류하고 경쟁해야 한다. 그 언어와 어울려야 한다. 따라서 굳이 시에서 외래어를 거부할 필요는 없다. 세계의 언어들이 시에서 서로 섞이고 뒹굴기를 바란다. 한류를 이끌고 있는 우리 가요에서는 그와 같은 케케묵은 국수주의적인 우리말 사랑에 대해 비웃고 있다. 다음은 자메즈(Ja Mezz)의 음악 〈Pink is the New Black〉에서 발췌한 가사 일부이다.

SOUTH and NORTH become one coundtry
이젠 통일도 먼 아냐 먼 일
진짜로 진심이야 本当
일본말을 썼다고 넌 또
깔 생각부터 하겠지 ちょっと
聴いてみで錬金術モット
내 작품에 대해 그냥 오해하길
제발 이해하려 하지 마
PIZ don't understand me

위 랩 가사에는 우리말과 일본어, 영어가 혼재되어 있다. 뿐만 아니라 우리말을 안 쓴다고 지적하는 '꼰대'들을 빈정대기까지 한다. 이들이 추구하는 언어에 대한 의식이 꼭 맞는 건 아니지만 결코 무시할 수는 없다. 하지만 이들의 외국어는 우리말 의식으로 쓰인 말이다. 가사 속 언어는 우리말을 외국어로 번역한 말이어서 우리말식 외국어라고 할 수 있다. 이것이 외국어의 한계이다.

연습 2 순우리말을 아는 대로 써보시오. 특히 부사나 형용사로 된 말들을 모으고, 그 쓰임을 감각적으로 엮어보시오.

연습 3 순우리말들로 한 장면의 풍경을 행과 연으로 짜보시오. 단 그 말들이 또 다른 단계로 점점 나아가는 정서를 표현해주는 우리말을 끌어와 배열해보시오. 뜻이 아닌 정서적인 표현을 찾되 말들 사이에 상상의 공간이 있도록 배열하시오.

과제 2 다음 자료로 순우리말로 된 시를 써보시오.

　(1) 가까이, 혹은 멀리

　(2) 내 마음 속에는 하느님이 둘이야.

　(3) 냉장고에서 머리를 꺼내다

　(4) 그렁하다

　(5) 투우사

　(6) 그악하다

　(7) 고독이 매달린 나뭇가지

　(8) 살얼음의 말

　(9) 애먼

　(10) 콜록, 쿨럭

　(11) 소소하다

　(12) 달, 어머니의 눈

　(13) 고요를 잃어버린 심장

　(14) 희뜩하다

　(15) 나무들의 경주

　(16) 메슥메슥, 머쓱머쓱

　(17) 뚱하다

　(18) 귀중중하다

　(19) 처끈처끈하다

　(20) 전단지가 나비로 날아요

3

합성 혹은 충돌

시는 정서적인 말을 쓴다. 그 정서적인 말은 울림이 많은 말이다. 그리고 울림이 많은 말이란 노이즈가 많은 말이다. 마크 그라노베터의 『약한 유대 관계』에 의하면, 두 사람이나 사물 사이에 유대 관계가 약할수록 그 사이에 노이즈가 가득하여 창의력이 생긴다. 하나의 말이 아주 다른 영역의 말을 만나면 서로 충돌하면서 시끄러운 소리가 만들어진다. 그 시끄러운 소리는 새로운 느낌을 주는 정서이다. 시인은 시를 창작하기 위해서 우선 새로운 말을 만들어야 하는데, 그 새로운 말, 즉 시의 재료는 우선 말들 사이의 합성이나 충돌을 통해서 만들어진다. 낱말이나 문장들이 합성하고 부딪히는 과정에서 만들어지는 노이즈는 시적 정서를 풍성하게 한다. 합성은 하나의 말을 보다 풍성하게 느껴지도록 앞의 낱말, 혹은 문장을 다른 낱말, 혹은 문장과 연결하여 새로운 느낌을 만들어내는 시의 어법이다. 이는 하나의 낱말이나 문장에 그 낱말이나 문장과 성격이 아주 다른 낱말이나 문장을 합성하여 새로운 느낌을 갖게 만들어내는 시어 구성법이다.

하나의 말은 다른 말을 만남으로써 그 느낌이 새로워진다. 그 의미가 고정된 하나의 말에 의미가 아주 다른 말을 잇대어놓으면 앞의 말이나 뒤의 말은 모두 그 맛이나 의미, 정서가 달리 다가온다. 때로는 무작위적인 여러 말들을 섞어놓으면 그 말들과는 아무 상관 없는 새로운 느낌을 가져오는 경우도 있다. 이렇게 서로 다른 성향의 말과 말을 잇대어놓음으로써 새로운 느낌이 나게 만드는 언어 구사법이 곧 합성이다. 다양한 말들끼리 섞고 버무리고 겹쳐놓으면 그 단어나 문장은 기존에 자신이 갖고 있었던 의미가 변하거나 확장된다. 이런 합성법으로 때로는 충돌되는 말들끼리 잇대어놓아 의미 자체를 없애버리기도 한다. 밥 딜런의 「누군가의 캄캄한 밤의 굉음」의 한 부분을 보자.

> 그의 호주머니에서 나방 한 마리가 날아오른다 & 공허, 그 거짓말 같
> 은 분열은 다시금 서명할 점선, 소용없는 동기, 도덕적 유혹 & 바이올
> 린 가방 속에 숨어 있는 백발의 남자들이 있는 아메리카를 생각나게 한
> 다……

위의 시는 호주머니 속 나방과 공허, 그리고 점선, 유혹, 남자 등이 나열되어 있는 듯이 보인다. 그러나 이는 단순 나열이라기보다 말들의 단독적 의미의 중심을 없앤 합성이다. 호주머니에서 날아오른 나방은 공허 같지만 점선이거나 유혹이며, 그것은 다시 어떤 동기이며 도덕적 유혹이고 백발의 남자가 된다. 말들은 서로 충돌하면서 새로

운 의미를 향해 열려 있다. 시란 사실에다 환상을 입히는 것이며, 사실을 환상으로 끌어올리는 표현이기도 하다.

합성은 하나의 단어에 아주 다른 성격의 말을 붙여놓음으로써 그 낱말의 성격을 새로 부여하는 것이며, 그렇게 하여 언어를 새롭게 창조한다. 시의 문장에서는 말들이 합성하고 융합하여 말들 사이에 창조적인 세계가 열린다.

그 대표적인 시의 어법에 비유가 있다. 비유는 과거에는 유사한 말들끼리 합성하여 새로운 뉘앙스나 의미를 창출했는데, 현대의 비유나 상징은 전혀 유사하지 않은, 도저히 연결하기 힘든 말들끼리 합성하여 만든다. 왜냐하면 어떤 말을 새로운 정서로 만들기 위해서는 기존의 정서에서 확, 벗어나게 해야 하기 때문이다. 이는 'A는 B이다'라는 어법이나 A 없이 바로 'B이다'라는 구문법이다. 이때 A라는 사람의 정서는 사물 B로 치환된다. 다시 말해서 비슷한 속성이나 유사 개념이 아닌 말들을 서로 합성하여 새로운 이미지를 만든다. 이때 A와 B 사이가 멀면 멀수록 말이 풍기는 정서, 즉 노이즈는 풍성해진다.

말과 말이 충돌하여 새로운 의미를 만들 수도 있지만, 더 나아가 의미 자체를 없애버리는 무의미, 초의미의 세계로 나아갈 수도 있다. 즉 두 말을 합성했는데 아무 뜻이 없는 것이 합성의 최종 단계라고 할 수 있다. 여기에서 더 나아가 한 낱말이나 문장에서 또 다른 낱말이나 문장 사이로 건너뛰기하는 방법이 있을 수 있다. 그것이 병치이다. 즉 그 의미나 쓰임이 아주 거리가 먼 낱말들 사이에 어떤 설명이나 해설 없이 두 낱말을 바로 잇대어놓음으로써 두 낱말 사이에 짜릿짜릿 전기가 통하고 번개가 치게 만드는 방법이 합성이다.

$$♤ + ♣ = ▨$$
$$○ / ▶ = ▣$$

위의 그림을 보면 서로 다른 그림을 더하거나 붙여놓았는데 그 답으로 엉뚱한 새로운 그림이 탄생했다. 이와 마찬가지로 하나의 말을 아주 다른 말과 붙여놓거나 더했더니 새로운 의미를 발생시키는 구문법이 합성이다. 이때 두 말 사이는 서로 가깝지 않아야 한다. 두 말들의 관계가 멀면 멀수록 두 말은 기존에 자신이 가지고 있던 의미를 건너뛰어 새로운 느낌을 가져다준다.

바다 ↔ 나비

두 항목의 거리가 멀면 멀수록 합치기가 어렵다. 하지만 정서적으로 두 낱말이 합치면 정말 새로운 상상력이 발휘될 수 있을 것이다. 이는 마치 원시적 토인과 현대 문화인 사이에 의사소통이 이루어지는 것과 같다. 오늘날 현대예술에 아프리카 원주민의 예술을 합성하여 새로운 예술을 창조한 예는 많다. 말도 마찬가지이다. 서로 어울릴 수 없는 두 낱말이나 문장이 하나의 문장이나 단락 속에서 어울린다면 새로운 느낌을 발생시킨다. 그것이 곧 합성이다. 두 낱말이나 문장은 서로 하나가 될 수 없지만 중력이 작용하는 말들이다. 지구와 달처럼 적절한 거리를 유지하면서 긴장 관계를 유지한다면 그 말은 새로운 미적 · 정서적 효과를 발휘한다. '바다 쪽으로 나는 나비'처럼 그 말들은 멀리 난다.

■ 다음은 합성의 사례들이다.

① 3월 속에는 오래된 철로가 있다.(관념＋사물)
② 가방에는 어머니의 심장이 들어 있다.(사물＋사물)
③ 젊음을 끌고 가는 할머니(관념＋사람)

위의 예들을 보면 실재와 실재, 혹은 실재와 관념을 합성하여 새로운 느낌을 가져다주는 말이 만들어졌다. '3월'과 '철로' 사이에는 우리의 상상력이 작동한다. '가방'과 '심장', '젊음'과 '할머니' 사이에도 노이즈가 일어나 이러한 상상력이 작동한다. 그 말들은 서로를 간섭하고 도움을 줌으로써 혼자 있을 때보다 훨씬 느낌이 풍성하게 다가온다. 결국 그 문장은 시적으로 아름답고 새로워진다. 이미 의미가 고정화된 말에다 다른 말을 합성하여 새로운 느낌을 갖는 말이 만들어졌다. 서로 거리가 먼 말들끼리 합성하여 새로운, 허구의 의미를 만들었다. 그런데 그 허상의 말은 현실적으로는 논리에 맞지 않지만 우리의 정서나 상상력을 자극한다. 합성은 이렇게 낱말이나 문장 등 말들끼리의 결합을 통해서 새로운 느낌의 정서나 상상력을 만들어낸다.

연습 4 다음의 단어들을 연결하여 새로운 느낌이 나도록 문장으로 만들어보시오.

물고기 + 놀이터 + 하늘 = (예, 하늘은 물고기들의 놀이터다.)
공원 + 청우계 + 아침 =

■ 한 단어에 수식어를 넣거나 서술어를 넣어서 새로운 느낌이 나게 하는 방법도 있을 수 있다. 그런데 이때 두 낱말들 사이에 의미의 건너뛰기는 필수이다. 두 말들 사이를 잇되 중간의 산문적인 요소를 지워 본다.

① 산 위를 걷는 달
② 비가 찾는 연못
③ 비행기는 가래를 끓으며 날아간다
④ 오래된 약속이 묻힌 언덕

연습 5 다음의 빈칸을 산문적 설명 없이 정서적으로 풍성한 느낌이 나도록 채워 보시오.

(1) (아침을 건너뛰는) 맥박/(　　　　) 편지/(　　　　) 거미
(2) 문방구는 (기억의 낱말들이 모이는 곳이다)/여우가 (　　　　)/

합성 혹은 충돌

마네킹은 (   )

연습 6 다음 단어들을 합성하여 3행 이상의 구절을 만들어보시오.
단, 낱말과 낱말들을 건너뛰기 방식으로 이어보시오.

담(벼락)/언뜻/커피숍/해바라기/울새

시에서 합성이란 말의 느낌을 풍성하면서도 아름답게 만들기 위한
구문법이다. 합성은 A라는 말을 B나 C, D, E 등과 연결해 표현해줌으
로써 그 A의 의미나 미감을 보다 풍성하게 하거나 새롭게 해주는 장치
이다. 다음의 문제를 풀어보면서 합성을 연습해보자.

연습 7 다음을 리듬이 생기도록 반복 구절을 넣어 합성해보시오.

(1) 창문을 두드리는 해/인생/기차역/우울 ; 다음 예시를 참조하여
    '두드린다'라는 말을 반복적으로 넣어 연결해보시오.

해가 창문을 두드리는 시간
기차역에 너무 일찍 도착한
우울 씨는

제 인생의 징검다리를 두드리고 있다

저만치 기차가 철길을 두드리며 온다

(2) 떠도는 종이비행기/물수제비/풍향계/건너/꿈 ; '떠돌다'라는 반
복 구절을 넣어 연결해보시오.

(3) 구름의 가장자리/무덤/배/거울/백색/사막/안개 ; '구부러진다'
라는 말을 반복 구절로 써서 연결해보시오.

  합성에는 단순히 집합적인 경우만 있는 것은 아니다. 앞의 문장과
뒤의 문장이 이어지지 않고 병렬 관계가 되거나 충돌·대립함으로써
새로운 의미를 창출하거나 뜻 자체를 없앨 수도 있다. 더욱이 오늘날
의 환유적인 시들은 행의 대립이나 병치를 통해서 미적 정서의 효과를
배가하기도 한다. 따라서 낱말과 문장들이 충돌하거나 대립하도록 배
열함으로써 어떤 뜻을 없애는 시도도 해볼 수 있을 것이다. 충돌이나
대립은 말들끼리 전혀 이웃 관계가 없어 도저히 이어놓을 수 없는 말
들을 연결고리 없이 붙여놓음으로써 새로운 의미나 미적 효과를 창출
하기도 하고 의미를 무화시키기도 한다. 이때 낱말이나 문장들끼리는
연결고리가 없지만 정서적으로 전류가 흐른다.
  입술/악사/구름을 소재로 서로 아무 연결고리 없이 배치해보면 다
음과 같다.

구름은 침묵을 연주하는 악사
입술에서 피어나는 꽃봉오리
언니는 스물에 집을 나갔다

　주어진 세 낱말은 언뜻 앞 뒤 연결고리가 없는 듯 보인다. 하지만 낱
말들은 상상력으로 얼마든지 이어진다. "언니는 떠돌이 악사를 사랑
했다. 그래서 스물에 집을 나갔다. 그 예쁜 나이에⋯⋯." 이렇게 해놓
으니 낱말들 사이에 전류가 흐르는 걸 알 수 있다.

　연습 8 예시 (1)을 참조하여 다음 말들을 행(연)과 행(연) 사이에 침묵
이 흐르도록 문장을 만들어 배열해보시오. 그러나 발전적으로 이어지
도록 하시오.

　(1) 바람/식민지/시인/몽유병

　　바람은 나의 식민지
　　몽유병은 시인의 영토

　(2) 휴전선/성냥 꽃/퇴적된 시간

　(3) 목련/단풍/계단/눈빛

(4) 말하는 돌/질주/무대/의자/꿈/마녀

　시는 의미를 드러내지 않아도 된다. 시는 대상에 대한 정조(情調)이며 언어의 미적 배열이기 때문이다. 합성을 통해서 마치 풍경 속을 산책하듯 이미지와 이미지 사이, 사색과 사색 사이, 혹은 말과 말 사이에 여러 색깔의 뉘앙스가 나타나 아름다운 언어가 만들어진다. 이때 시는 어떤 뜻도 없어도 된다. 시는 아름다운 느낌만으로 충분히 다가오면 되기 때문이다.

　시인은 언어 수집가이다. 시를 쓰기 위해서 시인은 여러 곳이나 시간에서 수집해 온 구절이나 말, 리듬 등을 무작위로 갖다 붙이고 연결하고 짜 맞춘다. 이때 가장 중요한 것은 말들끼리 얼마나 상승작용을 하느냐이다. 무작위로 수집한 구절이나 낱말들을 짜 맞추어 미적 효과가 나타나면 그 말들은 풍성한 정서적 효과를 불러일으킨다. 초보자일 경우 자신을 시의 주인공으로 하여 낱말이나 문장을 배열하면 보다 쉽게 그 문장이나 말들이 만들어내는 미적 정서를 느낄 수 있을 것이다. 나와 나의 가족, 친구, 사회의 분위기를 끌고 와서 쓰면 자신의 뜻도 담을 수 있다. 먼저 낱말이나 문장들을 조사하고, 그 다음에 그 낱말이나 문장들을 정서적으로 풍성한 느낌이 나도록 배열하면 시가 된다. 그것이 콜라주이다. 말이 안 돼도 느낌만으로 말들을 합성하거나 나열할 수도 있고 이야기체로 엮을 수도 있다.

■ 다음은 거리에서 조사한 단어나 이미지이다. 이를 토대로 시를 엮어보겠다.

① **조사한 자료**

새들 같은 아이들이 가끔 인사동으로 몰려온다.
인사동은 그림들이 많이 전시된다.
외국인들도 많다.

시

새들이 가끔 인사동으로 내려와
그림 속을 날아다니고
외국어로 칙칙거리는
부채들이 팔랑이며 걷는
오후 일곱 시

② **조사한 자료**

계절과 계절이 다툼하는 날씨
한 우울이 장마 속으로 걸어가고 있었다.
시간이 뚝, 뚝, 뚝

시

겨울이 가을 속에서 웅얼거린다.

우울이 흘러내린다.

나무에서 구름에서

①의 경우, 단순한 사실적 조사에서 시작하였지만, 말들끼리 합성해 놓아 새로운 느낌이 난다. 새 같은 아이들이었는데, 그것을 새들이 인사동으로 오는 것으로 했고, 외국인이 많다는 것을 '외국어로 칙칙거린다'로 만들었다. 그리고 장마를 우울로 바꿔 '흘러내린다'로 썼다. 그리고 그것들을 합성하니, 새로운 느낌이 나는 인사동이 됐다. 이는 ②의 경우에서도 마찬가지이다. 그리고 ②는 조사한 자료를 그대로 가져와도 시가 된다.

연습 9 다음의 낱말이나 정서적으로 합성된 말들로 한 편의 시를 쓰되 미적 정서가 느껴지게 하나의 주제로 배열하시오. 시에서 주제란 통일된 정서라는 걸 명심하시기 바랍니다.

(1) 소나 돼지가 반체제 인물이다

(2) 개들은 뒷골목을 다니며 망명자 행세를 한다

(3) 폐가가 허물어지는 목소리

(4) 종말론자

(5) 영혼을 돈에게 팔다

(6) 우체통처럼 빨개지다

(7) 시부렁대는 시계

(8) 오늘은 자꾸만 뾰족하다

(9) 나의 대륙에 서다

(10) 밤마다 야근을 하는 달은 시급이 얼마나 될까

(11) 나의 고민 때문에 지구가 무거워지다

연습 10 다음의 자료를 지시대로 한 다음 그것들을 앞뒤 말들이 충돌하게 합성하되, 자신을 시의 주인공으로 삼으시오. 모든 자료를 다 이용하지 않아도 됩니다.

(1) 옷이 투정하는 소리를 적어보시오.

(2) 상식은 빵집 아줌마 통장에 있어.

(3) 정신병동에서 도망쳐 온 바람

(4) 창문의 표정을 읽으시오.

(5) 책이 걸어오는 말은?

(6) 자신이 써놓은 글씨의 생각은?

(7) 백지의 고뇌는 무엇일까요? (예 : 고독이 나를 빤히 쳐다본다.)

(8) 절망이 목 뒤에서 나를 어떻게 바라볼까요?

(9) 어머니인 척하는 볼펜에 대해서 답을 해보시오.

시인은, '인간의 두뇌는 보잘것없다. 자신 속에 진리가 없고 길도 없다'는 것을 깨달아야 한다. 그는 창작하는 사람이기 때문이다. 레오나르도 다빈치나 아인슈타인 등은 자신 안에는 이미 새로운 것이 없다고 했다. 그래서 그들은 끊임없이 자신의 밖에서 새로운 것을 찾았다. 우리가 안다고 하는 것은 그만큼 더 많은 것을 모른다는 것을 의미한다. 따라서 시를 쓰기 위해서는 발로 뛰고 눈으로 확인하고, 수많은 이미지나 낱말들을 채집·사냥하여 만져보고, 들어보고 맛을 느껴보아야 한다. 그만큼 시인은 말들을 현장에서 직접 조사해서 모아야 한다.

현장 속으로, 브나로드!

이런 노력 없이 생생한 시는 쓸 수 없다. 그러므로 취재를 할 때 아주 다른 여러 환경에서 말들을 가져온다면 합성이 보다 풍성해질 수 있을 것이다.

연습 11 다음 소재를 합성하여 재구성하되 a, b, c의 소재들에서 낱말들을 골라 각각 한두 개의 문장을 만든 다음 그들을 하나의 주제로 다시 합성해보시오.

(1) a에서 수집한 소재 : 콜라, 그래프 밖, 커피숍, 머릿속에 파리가 들끓다

(2) b에서 수집한 소재 : 담배, 인형공장, 수도꼭지에서 번지점프를 한다

(3) c에서 수집한 소재 : 헛구역질, 종이배, 금지된 것들로 가득한 심장

그렇다면 다양한 소재는 어디에서 어떻게 모을 것인가. 무엇보다도 메모하는 습관이 필요하다. 책을 읽을 시간이 없더라도 메모하는 습관을 들인다면 그 사람은 시를 쓸 수 있는 자질이 갖춰져 있고, 좋은 시, 다양한 시를 쓸 수 있는 능력도 있다고 할 수 있다. 영화를 보거나 책을 읽거나 누군가와 얘기를 나누거나, 보이는 것이나 듣는 것, 맛보는 것, 만지는 것 등 무엇이든지 메모를 해둔다면 그 말들 속에서 시를 만날 수 있을 것이다. 그리고 수집한 말들을 합성하되 새롭고 풍성한 느낌이 나도록 이어나간다. 메모할 때는 늘 다양한 장소와 사람, 시간이 한 메모장에 함께 들어 있어야 한다. 그래야 여러 이미지나 리듬을 하나의 시 속에 합성할 수 있기 때문이다. 그러면 시는 풍성한 언어의 교향곡이 된다. 새로운 장소와 사물, 시간은 우리를 새로운 곳으로 이동할 수 있게 한다. 또한 새로운 이미지나 리듬은 우리의 영혼을 신비롭게 한다.

과제 3 다음 주어진 소재들로 시를 쓰시오. 낱말들을 합성하기도 하고 감각들을 합성하여 자료를 만든 다음 쓰시오. 특히 시를 처음 써보는 분은 한순간의 장면이나 풍경을 그대로 적은 다음 설명적인 부분을 삭제하시오. 그리고 문장이 연결되지 않아도 되므로 산문적 설명은 넣지 마시오.

(1) 네 얼굴이 인형놀이를 하네

(2) 아버지 (   )

(3) 지갑 속에서 눈을 뜨다

(4) 파도치는 목소리

(5) 허수아비 (   )

(6) 기도

(7) (   ) 손(금)

(8) 발자국을 줍는다

(9) 자전거를 타다

(10) 구름의 긴 다리

(11) 창문으로 날아든 나비 한 마리

(12) (   ) 종이배

(13) 손수건의 수군거림

(14) 가난한 사람들에게 풀밭을 선물하고 싶어요

(15) 뒤숭숭하다

(16) 과거를 수집하다

(17) 시간의 뼈

(18) 천 개의 빗방울

(19) 철학에 몰두하는 신발

(20) 휘파람이 새처럼 날다

4
공감각 연습
—들리는 것은 보고 보이는 것은 들어라

시인은 감각이 예리해서 남들이 느끼지 못한 것들을 느낄 수 있어야한다. 따라서 시인이 되고 싶은 사람이 있다면 우선 감각을 예리하게 벼려야 한다. 칼처럼 갈고 닦으면 감각은 예리해진다. '나는 울고 싶어요'가 아니라 페소아처럼 '나는 눈물이고 싶어요'라고 할 줄 아는 게 시인이다. 이는 시인뿐만 아니라 모든 예술가도 마찬가지이다. 예술가는 개념보다는 형상적으로 사유하기 때문에 관념을 직접적인 감각이나 묘사로 표현한다. 시인은 모든 표현을 손에 잡히고 눈에 보이고 귀로 들을 수 있으며 맛볼 수 있게 해야 한다. 시인은 자신의 느낌을 표현하지만 그 느낌이 눈에 보이거나 손에 잡히지 않으므로 그 느낌을 손에 잡히고 귀로 듣고 맛볼 수 있게 해야 한다.

그러면 다음에서 어떻게 하면 감각을 예리하게 벼릴 수 있는가를 살펴보기로 하자.

오늘날 인간의 감각은 많이 무뎌졌다. 이제 인간의 감각은 기계나 도구가 대신해주고 있다. 생활의 편리는 자연인으로서의 인간의 원초적인 감각을 죽인다. 지진이 나거나 해일이 일어날 것 같으면 다른 동물들은 그걸 느끼고 미리 피한다. 그러나 인간은 그걸 알지 못한다. 이모든 것들을 도구들이 대신해주기 때문이다. 그러므로 감각 활동가나 예술가는 문명을 탐닉하지 않아야 한다. 감각은 극히 원시적이며 동물적이다. 시인은 나무를 끌어안고 귀를 대보고 나무에서 나는 소리를 들을 수 있어야 하고, 나뭇가지에 앉아 울고 있는 새가 뭐라고 지껄이는지를 들을 수 있어야 하며, 형광등 불빛의 맛을 느낄 수 있어야 한다. 우리의 몸은 자연과 함께 살아갈 수 있도록 신경이나 감각이 발달되어 있다. 인간은 본래 자연인이므로 자연과 소통할 수 있도록 신경이나 감각이 형성되어 있다. 우리는 본래 나무나 벌레, 혹은 바람과 신경이나 감각으로 대화하고 소통할 수 있었다. 그런데 이제 이러한 감각은 퇴화되어 소수의 예술가에게만 남아버렸다. 현대 문명의 발달로 기계가 인간의 감각을 대신하고 있기 때문이다. 그러므로 이제 시인이 되려는 이는 본래의 감각을 되살려야 한다. 그러기 위해서는 잃어버린 감각을 예리하게 벼려야 한다.

그러면 어떻게 감각을 예리하게 만들 것인가.

영화 〈루시〉에서처럼 눈을 감고 양손으로 귀를 막고 자신의 몸속을 돌고 있는 피의 소리를 들어보자. 그리고 그것을 적어보자. 어떤 사람에게는 우당탕탕, 산에서 돌 구르는 소리가 들릴 것이고, 어떤 사람은 고요한 강물 소리를 들을 수 있을 테다. 감각이 아주 예리한 사람은 루시처럼 지구가 자전하고 공전하는 소리까지 들을 수 있으리라. 감각은 자연의 일부인 우리 몸이 갖고 있는 지각 능력이다. 이 능력을 통해서 우리는 다른 자연과 소통할 수 있다.

감각은 다듬을수록 예리해진다. 보통 사람이 볼 수 없는 것을 본다든가, 일반적이지 않은 엉뚱한 소리를 듣는다든가 하는 것들은 감각이 예리해서이다. 우리는 오감(五感)을 갖고 있다. 시각, 청각, 미각, 후각, 촉각은 우리 몸이 외부와 소통할 때 필요한 신경세포의 담당 촉수이다. 이들 감각은 평소에 자주 활용할수록 발달한다. 그리고 이 오감이 발달하면 육감이 생긴다고 한다. 각각의 감각은 어떻게 발달하는가? 그것은 그동안 배운 논리적인 세계에서 떠나는 데에서부터 출발한다. 논리적인 세계는 지적인 세계이며, 그 지적인 세계는 비자연적이다. 그러므로 논리적인 세계는 분별에 기초하고 있어서 과학적이다. 이는 문학적으로 본다면 산문의 세계이다.

산문에서는 말이 반드시 지시적인 대상을 갖는다. '산'은 하늘 아래 솟아 있는 뫼를 가리킨다. 그 뫼는 시간과 공간을 갖고 있고 그 시공간 속에서 의미가 만들어진다. 그런 지시적인 대상을 가리키는 언어로는 감각은 예리해지지 않는다. 감각을 예리하게 다듬기 위해서는, 무엇보다도 논리적이고 지적인 근대적 이성의 판단을 내려놓아야 한다. 감각적 세계에서는 그때그때 주체의 느낌을 중시한다. 감각에 의존하는 예술가는 자신의 느낌을 자기만의 표현으로 적을 수 있다. 그리고 그는 자신이 다른 사람과 다르게 느낀다는 걸 안다. 감각 활동가는 형상적 사유를 한다. 그는 주체의 감각으로 보고 귀 기울이며 맛을 느끼고 냄새 맡고 만져본다. 그리고 자신의 느낌이 다른 사람과는 다르다는 걸 알게 된다.

그 다른 느낌, 자기만의 구체적 느낌을 기록하면 감각적 표현이 만들어진다. 시는 주체의 자기만의 감각을 중시하기 때문이다. 원래 우리는 문화나 문명에 자신을 맡기기 전에는 예리한 감각을 지녔다. 그러나 문화나 문명은 우리를 기계나 도구에 의존하게 만들었다. 편리한 도구로 인해 우리는 감각을 예리하게 할 필요가 없었다. 그래서 본래 우리가 갖고 있었던 예리한 감각은 점점 죽어갔고, 그로 인해 우리는 자연과 소통이 끊어졌다. 감각에 의존하는 맹인의 귀가 얼마나 밝은지, 귀머거리의 눈이 얼마나 예리한지는 이미 밝혀진 바 있다. 아이러니하게도 그들은 아직 자신의 감각에 의존해야 하는 삶을 살아내기 때문이다.

다음으로 고독을 즐길 줄 알아야 한다. 다른 사람과의 만남은 늘 소통을 요구한다. 앞에서 보았던 것처럼 언어는 논리적인 도구이다. 소통은 합리적이고 논리적으로 이루어진다. 그럴 경우 상호 간의 관계는 논리나 합리에 의존할 수밖에 없다. 논리적이며 합리적인 대화는 감각적이지 않으며 창조적이지도 않다. 대화란 늘 상대방을 의식하고 배려해야 하기 때문이다. 따라서 대화는 극히 상식적인 차원에서 이루어질 수밖에 없다. 이런 대화가 창조적일 리가 없다.

모든 창조적인 활동은 정신의 무한한 자유에서 나온다. 어떤 제한도 거스름도 없는 데에서 창조적인 상상력이 폭발한다. 모든 규제를 벗고 법을 넘어설 때, 나라고 하는 의식에서조차도 떠날 때 현재의 한계에서 벗어날 수 있다. 내가 나와 대면했을 때, 다시 말하면 내가 인간 언어의 규범에서 벗어났을 때 나는 가장 자유로워진다. 정진규가 자신의 시법(「어느 날의 나의 시법」)으로 언급한 "처절한 혼자일" 때 누군가의 눈치를 볼 필요도 없고, 그 누군가를 의식할 필요도 없을 때 나는 합리적 소통에서 벗어난다. 그때 주체는 광대해져 나와 사물과 자연은 서로 구별되지 않는다. 나는 새가 말하는 소리도 내 맘대로 알아들을 수 있고, 강이 산속에 써놓은 문자를 해독할 수도 있다. 나의 마음이란 본래 없다. 사물이 내 마음을 읽기 전까지는. 사물이 주어가 되어 말을 하게 하면 그 말이 나의 말이 된다. 그때 내 안에서 울리는, 나무의 줄기를 따라 위쪽으로 물이 흐르는 소리나 지구가 도는 소리, 심지어 먼 별들이 반짝이는 소리를 들을 수 있다. 수많은 물건들이 나에게 말을 걸어오는 소리를 들을 수 있다.

감각에 예리한 자는 백색소음, 시끄러운 소음 속에서 침묵을 들을 수 있다. 영화 〈침묵〉이 있다. 그 영화 속은 침묵뿐이다. 하지만 침묵은 또 다른 소음이다. 묵언으로 하는 기도 소리가 너무 크게 들리고, 바람 소리, 종소리가 귓속에 가득하다. 내 입안에 삼켜버린 말들이 웅얼거리는 소리가 벌들이 웅웅거리는 것처럼 들린다. 〈침묵〉은 인간이 만들어낸 소음 속에서 신의 목소리를 들을 수 있는가를 보여주려는 영화이다. 우리는 진정한 침묵 속에 든 적이 있는가. 우리는 인간의 언어 밖 언어를 들어본 적이 있는가.

나를 내려놓아야 한다. 나를 내려놓지 않고는, 다시 말하면 나라는 의식이 강하면 나는 사물에 가까이 다가갈 수 없다. 나라는 의식은 자신의 감옥에 갇히는 것과 같다. 나를 내려놓을 때 모든 생명체나 사물들이 나에게 다가온다. 나라고 하는 껍질을 벗어버릴 때 감각은 열린다. 우주의 소리를 듣고, 사물이 나를 만지는 촉감을 느끼며, 지구 반대쪽에서 굽는 파이 냄새를 맡을 수 있다.

　모든 감각은 구별이 없다. 눈으로 맛을 보고, 귀로 불빛을 들으며, 냄새가 나를 만지는 것을 느낄 때 감각은 예리해진다. 인간의 규범적인 틀에서 벗어나면 감각은 열린다. 손으로 목소리를 만질 수 있고, 귀로 맛을 볼 수 있으며, 눈으로 냄새를 맡을 수 있다. 우리는 현상계를 감각으로 인지한다. 하지만 그 감각적 인식은 주관적이어서 참되지 않다. 따라서 우리는 그 주관적인 단순한 감각 너머에 대한 관심을 갖게 된다. 그것은 아마도 감각과 감각의 틈새를 느끼는 것일 게다.

　예리한 감각은 다양하게 섞이는 감각이다. 그것이 공감각이다. 공감각은 감각과 감각의 틈새에서 느낄 수 있는 새로운 감각이다. 시인은 공감각을 통해서 감각을 디자인한다. 공감각은 여러 감각을 동시에 합성하는 시의 기법이다. 앞에서 언급한 합성이 말을 정서적으로 뒤섞는 것이라면 공감각은 여러 감각의 창조적인 뒤섞음이면서 틈새이다. 피아노 소리와 어느 여인의 눈빛을 합성하여 한마디로 말하면 어떻게 될까. 네 잠 속을 들락거리는 목소리는 누구의 외침일까. 네 눈이 걸어가는 길목에서 피자 맛이 딴지를 걸 때 어떻게 될까.

　비둘기 우는 소리에서 가난한 사람의 얼굴을 본다든가, 어머니에게서 짠 맛을 느낀다거나, 우울한 하늘에서 베토벤의 〈운명〉 교향곡을 듣는다거나, 구름 떼에서 권태로운 여자의 목소리를 듣는다거나 하는 감각의 섞임, 혹은 틈새는 모두 공감각이다. '어머니의 눈이 나보다 먼

저 대문을 연다', 혹은 '피아노의 건반 위를 걷는 당신의 목소리에서 나오는 발자국이 파문을 낸다'라는 말들은 감각들이 섞이는 예이다. 소리를 보고, 빛을 들으며, 냄새를 만질 수 있다면 그는 공감각자이다. 위대한 예술가는 공감각자들이다. 모차르트는 위대한 공감각자였는데, 그의 음악을 들으면 풍경이 그려지고 그림이 보이고 시가 느껴진다. 드뷔시의 〈달빛〉에서는 달빛의 소리가 들리고, 〈바다〉에서는 파도의 얼굴이 보인다. 여러 색이나 도형으로 음악을 연주한 칸딘스키는 화가이면서 음악가였다. 색과 도형으로 음악을 연주한 것이다. 색채와 음악의 결합, 혹은 틈새가 공감각이며, 누군가의 손길을 다른 감각으로 번역하는 것이 공감각이다.

감각의 합성, 혹은 틈새, 전이가 공감각이다. 언어 디자이너는 공감각을 통해서 언어의 다채로운 색깔을 만든다. 또한 언어 디자이너는 언어가 얼마나 자유롭게 서로 결합하고 감각적으로 자유롭게 서로 어울리는가를 안다. 시인은 감각의 자유로운 섞임을 통해서 미적 신비로움을 낳을 수 있다. 어머니의 가슴을 피아노 건반이라고 생각하고 걸어가 보면 어떨까? 혹은 구름의 맛을 느껴보고, 시간으로 꽉 찬 수프를 먹어보면 어떨까? 어떤 시인이 필자에게 문자를 보냈다. "이따가 목소리를 보여주세요!" 감각이 자유로워지면 삶은 그만큼 풍성해진다. 코로 음악을 듣고 귀가 먼 여행을 떠나며, 목소리의 맛에 취한다면 얼마나 마음이 충만하겠는가.

■ 다음 구절들이 어떻게 공감각이 되는지를 지적해보자.

① 파도 소리 위를 걷다 보면 달빛의 파동이 나를 만진다

② 소나무에 악보를 붙여주었더니 대롱대롱 열린 여름 냄새

③ 비의 손으로 쓴 편지에서는 칠새의 울음소리가 들린다

④ 그녀의 표정에서 오늘의 날씨가 뛰논다

⑤ 얼룩진 목소리가 바람으로 뒹구는 오후

⑥ 종로를 걷다 보면 길에 엎드린 목소리가 나를 쳐다본다

①에서 '파도 소리'라는 청각은 '달빛'이라는 시각과 '만진다'라는 촉각을 만나 새로운 느낌을 주며, ②에서 시각적인 '소나무'는 '대롱대롱'이라는 시각과 함께 '여름 냄새'라는 후각을 만나 감각이 다중화된다. ③에서는 '편지'와 '울음소리', ④에서는 '표정'과 '날씨'가 새로운 감각을 만들어낸다. 그리고 ⑤, ⑥도 감각에 합성된 예이다.

연습 12 다음 단어들을 수식어나 서술어를 넣어 공감각이 되도록 해보시오.

(1) (죽은 엄마의 목소리로 꽉 찬) 얼굴

(2) 구불구불한 길에서 (   )

(3) 고양이 (   )

(4) 엄마가 만든 소시지에서는 (   )

(5) (   ) 더위

(6) (   ) 프리지아

(7) 병원에는 (   )

(8) 냄새가 (   )

■ 다음 시에서 공감각의 예를 찾아보도록 하자.

조계사의 안마당에서 뜨개질을 하는 바람. 묵언기도 하는 가로수는 나를 세상에 방생해주지만 도심의 거리를 배회하다 보면 "어이, 놀다가!" 손짓도 하고 비둘기들이 눈을 부라리며 "꺼져!" 하고 뒤뚱뒤뚱 지나가요. 바람의 부적을 주렁주렁 달고 의지할 곳을 찾는데 나도 모르게 영가 천도법회에 와 있어요. '난 이 세상 사람이 아닌 것인가!' 거리의 철학자에게 관상을 보려 하니 상이 나오지 않는다고 고개를 저어요.

화엄경 독송하는 촛불이 바람에 나부끼고 참새 울음은 향불로 피어나 종이꽃에 불을 켜고 탑돌이해요. 부처님 가피를 입은 추사의 소나무가 위패를 모시고 있어요. 빗방울이 보시하고 가는 조계사 경내 회화나무 풍경 속으로 아버지와 가족들의 얼굴이 고추 먹고 맴맴 하고 있어요.

— 이현채, 「바라밀다」 부분

위 시에서 감각은 자유롭게 섞인다. 바람이 뜨개질을 하고, 가로수는 묵언기도를 하며, 주체는 바람의 부적을 주렁주렁 매달고 있다. 촛불이 화엄경을 독송하고 참새 울음이 향불로 돋아나기도 한다. 감각

이 꽤 자유롭다. 그 자유로운 감각을 통해서 시는 자유로운 정서를 발현한다.

연습 13 다음에서 사물이나 자연이 느끼는 감각을 섞어서 표현해보시오.

(1) 종달새 (울음에서는 피카소의 여인이 눈을 뜬다)
(2) 백지 위에는 (   )
(3) 신발이 (   )

■ '새 울음소리/촛불'을 여러 감각을 섞어 통일된 삶이 보이도록 짧은 시를 써 본다.

① 어치가 운다.
　어머니는 아직 돌아오지 않았고
　달도 뜨지 않았다.
　멀리
　시간을 갉아먹는
　개가 짖는다.

② 그날 밤 동생이 떠났다.
　작은 방에서 우는 촛불은

굵은 눈물인 양
창가에 붙어 서서
금세라도
무슨 말인가 뱉을 듯

위 시는 1연에서 어치의 울음과 달, 그리고 시간이 감각적으로 자유롭게 섞이며 하나의 연을 구성하고 있고, 2연에서는 촛불과 창가, 눈물이 동생의 떠남을 감각적으로 구성하고 있다. 개 짖는 소리는 시간을 갉아 먹고, 촛불은 눈물을 흘리며 창가에서 동생을 기다린다.

연습 14 다음의 빈칸을 채워 다른 감각과 섞이도록 표현해보시오.

(1) 파란 하늘에서는 (익숙한 피아노 선율이 뛰논다.)

(2) 어머니의 말소리는 (납빛이었다.)

(3) (뚱뚱한) 가격

(4) 피아노가 (   )

(5) 종이가 달을 (   )

(6) 한강이 (끈적한 감촉으로 나를 만진다.)

(7) 도스토옙스키의 얼굴에서는 도박장의 다툼 소리가 났다.

(8) (얼굴 붉힌) 방

(9) 분필이 칠판 위(로 걸어 다니며 끙끙거리는 소리를 냈다.)

연습 15 다음 (1)의 예를 참고 삼아 공감각으로 재구성하시오. 삶이 풍성하게 느껴지게 3행 이상으로 쓰시오.

(1) 눈(雪/眼)이라는 소재를 몇 개의 감각으로 합성한 예

　　밤은 눈들의 세상이다
　　발자국 소리도 죽여 가며
　　집 주위를 걷다가
　　불 꺼진 창문에서
　　죽은 사람처럼 가만가만
　　하얀 목소리로 들여다보는

(2) 지나가는 바람의 발자국에서 냄새를 맡아보시오.

(3) 쇠사슬에 묶인 자전거에서 느껴지는 표정은?

(4) 바람의 속살에서 나오는 웃음소리를 시각적으로 표현해보시오.

색청(色聽)이라는 말이 있다. 색청은 소리에서 색을 느끼는 것을 의미한다. 〈사운드 오브 뮤직〉이라는 영화는 각 음에 따라 느껴지는 이미지를 표현하고 있다. "도는 사슴, 암사슴 ; 레는 금빛, 태양빛 ; 미는 나 자신을 부르는 이름 ; 파는 멀리 달려갈 곳 ; 솔은 실을 당기는 바늘 ; 라는 솔 다음이구요 ; 티는 잼 바른 빵과 함께 마시는 차." 구체적

인 삶을 중심으로 감각들이 자유롭게 섞이고 있다. 위 노래가사는 소리를 중심으로 다른 감각이나 사물과 연결해놓았다. 하나의 감각에서 울리는 느낌을 다른 감각이나 사태로 확장해서 표현한 것이다.

위와 같이 하려면 자신의 삶에서 겪은 구체적 감각을 자유롭게 끌어오면 된다. 예를 들어본다면, 도는 딸기를 먹은 혀의 빨강 ; 파는 이상의 소설 속 금홍이의 분홍치마 ; 솔은 비둘기가 사랑한 하늘색 등 연상과 자신의 경험, 소망, 정서, 기분을 그 음에서 느껴지는 다른 감각이나 생활 속에서 얻어온 사태로 적어낸다. 첸카이거의 영화 〈현 위의 인생〉에서, 현이 일천 번째 끊어지는 날에 눈을 뜰 수 있다는 눈먼 노인의 말을 젊은 제자는 믿지 않는다. 스승은 현의 소리가 곧 눈이라는 것을 알았지만 젊은 제자는 그것을 알지 못했다. 예술의 높은 경지에 이르면 모든 감각은 섞이고 같아진다. 참된 감각은 감각과 감각 사이의 틈새에 있기 때문이다. 현에 모든 인생을 담아 온 스승은 그것을 알았지만 세상의 굴레에서 아직 벗어나지 못한 젊은 제자는 너무 합리적이고 논리적이었던 것이다.

어떤 맹인은 손으로 만져보고 색깔을 안다고 한다. 그는 빨강을 보지 못하지만 손을 갖다 대보고 그 색깔을 맞춘다. 그에게 물었더니 빨강의 온도와 파랑의 온도는 다르다고 한다. 그림을 그리는 사람은 색깔이 가지고 있는 이야기를 잘 안다. 노랑의 이야기와 보라의 이야기, 혹은 초록의 삶. 주홍의 음악이 다르고 분홍의 목소리가 다르며, 흰색의 기억은 다른 색깔과 다르다. 색에도 빛에도 그 나름의 삶이 있고 감각이 있다. 하나의 색이 꿈꾸는 소리가 있고, 맛이 있다. 색을 눈으로 보는 게 아니라 몸으로 느끼고, 맛보고, 들을 수 있다면 색청(色聽)이 가능한 예술가이다. 그러므로 시를 쓰기 위해 이제 색을 듣고 맛보며 냄새를 맡자!

연습 16 각자 자신의 상상력으로 여러 감각이 섞이도록 7음의 색깔을 표현해보시오. 삶이 풍성하게 느껴지도록 공감각으로 표현해보시오.

과제 4 다음 단어만 있는 것들은 합성이나 공감각으로 시적 문장으로 만들어 보시오. 그런 다음에 그것들을 구체적인 사실성이 느껴지도록 연결해 보시오. 산문적 설명이나 중복된 말들이 들어가지 않도록 주의하시오.

(1) 어둠과 말다툼하다

(2) 감기 걸린 손수건

(3) 삼나무는 공동묘지의 철학이다

(4) 거들먹거리는 불빛

(5) 프리지아

(6) 숲에 짓는 꿩

(7) 머릿속에 스프링을 넣고 걷는다

(8) 머쓱, 헝클다

(9) 인형(   )

(10) (   ) 모눈종이

(11) 부루퉁하다

(12) 창문

(13) 그림자가 강으로 뛰어들다

(14) 떠도는 흉터

(15) 골목에 그림자를 남긴 개

(16) 이파리가 달린 달(유모차에 싣고 다니는 달)

(17) 가로등이 밤을 불태우다

(18) 거울 속의 비명

(19) 난파선

(20) 백지에서 너를 읽는다

5
착란, 혹은 의식의 확장

1) 시인의 정신 영역

인간의 정신 영역의 한계가 어디까지인지 아직 밝혀지지 않았지만 무궁무진할 것이라는 게 통설이다. 우리의 정신세계는 자연의 사물에서부터 광대한 우주에까지이다. 시간적으로는 120억 년 전에서부터 현재까지이다. 그래서 불교에서는 한 존재 안에 우주와 모든 시간이 들어갈 수 있다고 한다.

우리가 달을 보는 면은 항상 같다. 달의 앞쪽만을 우리는 본다. 마찬가지로 우리는 우리의 의식만을 정신세계의 전부라고 생각하는 경향이 있다. 하지만 우리 의식 너머에도 무궁무진한 정신세계가 있다. 그것이 무의식이다. 우리의 의식과는 다른 세계, 즉 일상에서는 전혀 나타나지 않는 정신 영역이 무의식이다. 이는 가끔 실수나 병적 증상으로 나타나기도 하지만 예술가의 창조적 세계로 승화되기도 한다.

도스토옙스키의 도박이나 고흐의 자해 등은 이러한 표면 의식의 너머, 무의식의 작용으로 나타난 증상이다. 예술가들의 이러한 비상식적인 행위는 우리 정신 영역 뒷면의 작용이다. 하지만 이는 예술가에게는 창조적 작업을 할 수 있게 하는 힘의 원동력이기도 하다. 즉 예술가의 정신분열이나 몽환, 착란, 편집증은 무의식의 영향에 의해 나타나는 한 증상이다. 인간의 정신은 눈에 보이는 면, 즉 밝은 면이 있는 반면에 어두운 면, 눈에 보이지 않는 면이 있다. 정신세계에서도 빙산처럼 눈에 보이지 않는 면이 보이는 면보다 훨씬 넓고 깊고 풍부하다. 이는 인간만이 아니라 모든 생물에서 나타나는 현상이다. 모든 생명체는 태생적, 유전적으로 한 뿌리에서 나와 서로 섞여 있기 때문이다. 그래서 프로이트는 우리가 건강한 정신을 갖고 있기 힘들다고 했다.

이 어두운 면은 정상적인 생활이나 정신에서 나타나는 게 아니라 꿈을 꿀 때, 정신적으로 허약할 때, 자기방어가 심할 때, 정신착란, 분열, 편집증, 폭력, 불안, 우울, 식수, 투사 등으로 나타난다. 그리고 그 특징은 비상식적이며 자기 파괴적일 뿐만 아니라 비인간적, 비현실적이다. 정신의 어두운 면은 현실 너머, 사회적인 안전망 너머에 있다. 이 영역은 태초부터 시작된 동물의 진화 과정 전체를 통과하면서 축적된 것이어서 우리가 사회에서 배운 의식세계의 밝은 면보다 무궁무진하게 폭넓고 풍부하다.

이 어두운 면은 광활하여 정신세계의 보고(寶庫)이며, 예술가들의 창조적인 활동 공간이다. 프로이트에 의하면, 이러한 어두운 면은 오랜 진화 과정에 걸쳐 우리의 무의식에 저장되는데, 그것은 합리적이고 현실적인 의식세계의 근원이기도 하다. 그런데 무의식은 원시적 동물적 욕망의 창고이기도 하다. 그것은 강력한 힘을 지니고 있으며, 늘 분출하려고 하는 휴화산과 같이 의식의 표면 아래 숨어 있다. 그래서 그것은 언제든지 언뜻언뜻 의식의 표면으로 분출하여 합리적인 의식세계를 휘저을 수 있다. 그 무의식의 요인이 의식세계로 튀어나올 때는 늘 반항적이며 폭력적으로 나타난다. 하지만 인간 정신의 광활한 영토인 이 무의식은 창조적인 활동을 하게 하는 힘의 원동력이기도 하다. 정신의 무궁무진한 영역을 개척하려면 우리는 그동안 사용하지 못했던 무의식의 세계를 활용해야 한다. 이 세계는 우리가 의식하지 못하는 순간에 표면으로 올라온다. 그리고 무의식이 표면으로 나와 문화가 된 현상이 꿈, 신화, 예술이다.

　이러한 무의식의 세계를 시로 쓴다면 우리는 새로운 경험을 할 수 있다. 비현실적인 무의식의 문화는 우리가 동식물이었을 때부터 켜켜이 쌓인 단층들에서 올라온 정신 형상이다. 따라서 수천 년에 걸친 생명의 과정을 포용하는 정신세계의 확장은 곧 무의식의 세계로의 귀환이며 탐험이다. 따라서 무의식은 정신세계의 개척에 필요한 영역이다. 〈식스 센스〉라는 영화를 보면 한 초등학교 여학생이 다른 사람의 말이나 사건을 미리 예측하여 주위의 따돌림을 받는다. 그런데 그 아이는 남다른 여섯 번째의 감각이 발달해 있었다. 무의식의 영역이 발달하여 남다른 감각을 지니고 있어서 아이는 볼 수 없는 장면을 보고 들을 수 없는 소리를 듣는다. 초감각, 초의식이 있었기 때문이다. 무의식은 감각 너머의 세계이다.

　예술은 새로운 정신 영역을 개척하는 양식이다. 일반인들이 보지 못하고 듣지 못하며 맛보지 못하는 세계를 탐구하고 개척하는 자가 예술가이다. 따라서 예술가는 정상적인 시각으로는 보지 못하는 것들을 볼 줄 알아야 한다. 이러한 정신세계에 진입하기 위해서는 정상적인 감각 너머의 세계에 대해 관심을 가져야 한다. 그래야 새로운 정신 영역을 개척할 수 있다. 몽롱한 언어, 정신병적인 언어, 꿈의 언어, 착란의 언어 등을 통해 시인은 새로운 정신세계의 영역으로 나아갈 수 있다. 이런 언어는 정상적인 의식에서 보면 말이 안 되거나 왜곡되어 있다. 이 언어는 너무 뒤틀리고, 뒤집혀 있어서 표면적으로는 의사소통이 되지 않아 정상적인 읽기로는 접근할 수 없다. 왜냐하면 무의식의 표현이기 때문이다. 따라서 새로운 정신 영역을 개척하고 싶다면 자신의 무의식에서 건져 올린 언어에 관심을 가져야 한다. 그것은 불안과 우울, 혹은 편집증이나 정신분열에서 건져 올린 말들이다. 이 말들은 4차원에서 3차원을 보는 것과 같다. 4차원적으로 우리가 사는 3차원의 세상을 바라보면 시간과 공간은 뒤집혀 있거나 뒤틀려 있다. 이러한 현상은 양자물리학적 인식에서도 잘 나타난다. 양자물리학으로 보면 상상이 우리가 느끼는 감각 세계보다 훨씬 현실적일 수 있다.

양자물리학에서는 시간도 휘어질 수 있으며, 그에 따라 공간도 휘어진다고 본다. 뿐만 아니라 시간은 얼마든지 뒤죽박죽될 수 있고 불규칙적일 수 있다. 나와 가까운 사람이 죽었다면 그 사람은 죽은 게 아니다. 그 사람은 그 시간 속에 들어가면 거기 그대로 있다. 우리의 감각은 극히 불완전하고 상대적이다. 주관적이고 상대적인 인식에서 조금만 벗어나도 또 다른 감각이 수없이 많다. 달리의 〈탁상시계〉라는

제2장 언어의 집 만들기

그림을 보면 시계가 흘러내린다. 또한 쇤베르크의 12음 기법에서 우연성을 중시하는 〈달에 홀린 피에로〉라는 음악이나 존 케이지의 〈4분 33초〉와 같은 우연성의 음악은 기존의 정상적인 부드러운 리듬이 아니라 기괴하거나 황당한 리듬을 연출한다. 다른 감각으로 받아들이면 손가락이 휘어져서 얼굴을 먹어 치우기도 하고, 눈이 등 뒤에서 뚜벅뚜벅 걸어오는 소리가 들리기도 한다. 예술가는 합리적인 세계를 허물기 위해 우연성의 언어, 혹은 카오스의 언어를 쓴다. 그것은 합리적인 정신 너머를 보기 위해서이다.

시인은 일반적인 정신세계 너머를 탐구한다. 그래서 시인은 끊임없이 합리적이며 정상적인 의식을 흔들어버리고 싶어 한다. 어떤 시인은 시를 주로 밤에 쓰는데, 한 편의 시를 쓰기 위해서 며칠 밤을 뜬눈으로 꼬박 새운다고 한다. 그 시인은 온몸과 정신이 기진맥진해서 더이상 자아라고 하는 것을 깨달을 수 없을 정도로 몽롱한 상태에서 시를 쓴다고 한다. 그때 만족할 만한 시가 나온다고 한다. 그렇지 않을 경우 상투적인 시밖에 쓸 수 없다고 한다. 또 다른 시인은 술이나 LSD에 잔뜩 취한 상태에서 쓴다고 하고, 또 다른 시인은 불안과 불면에 시달릴 때 시를 쓴다고 한다. 이는 모두 정상적인 정신 영역 너머의 세계를 탐구하기 위한 몸부림이라고 할 수 있다.

예술가란 어쩌면 정상적인 정신 너머에서 살아가는지도 모른다. 그래서 프로이트는 예술가가 자신의 정신적 증상을 승화하기 위해서 창조적 작업을 한다고 본다. 예술가는 현실과 비현실 사이에서 착란을 일으킨다. 때문에 시인은 경계에서 살아가기도 한다. 소설가나 평론가가 냉철한 현실 인식을 중시하여 비평적이고 서사적인 데 비해 시인은 자기 안으로 숨기 때문에 자신을 거의 드러내지 않을 뿐 아니라 외부 세계와 잘 어울리지도 못한다. 그러므로 시인은 그 정신적 특성상 자폐적인 증상을 앓고 있는 경우가 많다. 산문이 객관성을 중시하는 3인칭의 문학이라면, 시는 주관적인 1인칭의 문학이다. 자기 안에 갇혀 있는 시인은 우울, 불안과 착란에 쉽게 노출된다. 이러한 정신의 증상은 창작을 통해 승화되지 않으면 병적 증상을 일으킬 수 있다. 이는 프로이트가 도스토옙스키론에서도 언급한 바 있다.

시인에게 모든 것은 자아의 정신 현상으로 나타난다. 그의 왜곡된 정신 현상은 상상력의 발현이기도 하다. 예를 들면 빨랫줄에 걸려 있는 게 빨래가 아니라 얼굴이라고 생각해보자. 혹은 전깃줄에 앉아 울고 있는 게 새가 아니라 구름이라고 생각해보자.

> 옥상에 올라가면 얼굴이 비에 젖는다.
> 날개를 단 얼굴이 젖은 채로 푸드덕 운다.
> 옆집 소녀의 연애편지 같은 얼굴이 젖는다.
> 새들의 말이 젖는다.
> 한 가닥 남은 바이올린의 현이 운다.
> 구름으로 떠오르는 얼굴
> 얼굴들

얼굴과 비와 새와 구름이 뒤섞여 비논리적으로 연결되어 있다. 그렇게 하여 무작위적이고 정제되지 않는 시에서 미적 세계가 창조된다. 시를 쓰려고 하는 이는 때로는 합리적인 소통의 머리를 뒤흔들어놓아야 한다. 위 시에서는 빨래가 얼굴이 되었고, 날개를 달았으며, 그것은 연애편지가 되기도 하고 새들의 말이 되기도 구름이 되기도 하였다. 이는 정상적인 인식이 아니다. 하지만 시적 상상력으로는 있을 수 있다.

■ 다음은 착란으로 만들어진 문장이다. 이를 통해 시적 상상력을 느껴보자.

① 담배 연기가 날개를 펴 허공에는 천막이 출렁이고 죽음보다 고요한 침묵이 못을 박는다. 사람들의 슬픔이 구름으로 떠다니는 항구에서는 고향을 잃어버린 개들이 긴 침묵을 끌고 다닌다.

② 거짓말하는 손이 냄비에 우울을 볶는다. 욕설을 끌고 다니는 파리의 나른한 낮잠 위에서 졸아든 시간이 튄다.

위 ①, ②의 문장은 합리적이고 논리적인 의식 영역을 벗어나 있다. 언어의 계기적 인과관계가 허물어져 있고 사물이나 자연의 정신적 인지에서 벗어나 있다. 이런 문장은 정신의 착란에서 비롯한다. 뒤틀리고 뒤집혀 있기 때문이다. 담배 연기가 날개를 펴기도 하고, 침묵이 못을 박으며, 개들이 침묵을 끌고 다닌다는 건 시적 상상력으로만 가능하다. 그리고 거짓말하는 손이 우울을 볶고, 파리가 욕설을 끌고 다닌다. 이러한 상상은 정상적인 의식의 껍질을 깨뜨리게 한다.

연습 17 몽롱한 정신 상태에서, 즉 꿈속인 듯이, 불안이나 취한 상태에서 헤매듯이 쓴 다음을 참고하여 시를 써보자.

[다음] 죽은 어머니를 건넌다. 밤이 작은 돛단배처럼 출렁인다. 언덕 너머 묵은 목소리, 묘비인 양 우뚝하다

2) 자아의 분열

'나'는 하나만이 아니라 여럿이다. 혼자일 때의 나와 타인이 나를 볼 때의 나, 거울에 비친 나, 그리고 사물로서의 나 등 자아는 다면적이다. 참된 자아라는 건 존재하지 않기 때문에 여러 얼굴이 나를 대신한다. 그렇다면 진정한 나는 어디에 있는가? 시인은 자아의 분열적인 모습을 이해해야 한다. 시인의 자아는 작품에 따라 얼마든지 다르게 나타날 수 있다. 그뿐만 아니라 한 작품 내에서도 몇 개의 자아가 나타날 수 있다. 행에 따라 혹은 연에 따라 각각 다른 화자나 시점이 나타나 한 작품 내에 여러 자아가 동시에 보이기도 한다. 우리는 작품 속에서 다양한 자아를 갖는다. 예술가 혹은 시인은 다중인격자로서의 자아를 갖고 있기 때문이다.

진정한 자아라고 하는 것은 존재하지 않는다. 거울 속의 나와 거울 밖의 나, 혹은 꿈속의 나와 꿈 밖의 나, 그리고 네 속의 나와 내 속의 나 등 '나'는 도처, 어느 시간에나 달리 나타난다. 굳이 예술가가 아니더라도 우리는 경우에 따라 다양한 페르소나를 갖는다. 그런데 일반

인들에게는 그러한 다중인격이 사회적 인격과 갈등을 일으키지 않지만 예술가들에게는 문제적이다. 그의 인격은 여러 형태로 변주되기 때문이다. 일반인들은 그 다중인격이 전혀 충돌 없이 사회적 역할 모델이 되지만 예술가에게는 그 다중인격이 충돌한다. 예술가는 다중적인 인격을 갖고 있어서 작품에 따라 그 인격을 달리 표현한다. 신디 셔먼이 분장사로 다양하게 살아가는 것이나 니진스키가 작품마다 다르게 분장하여 자아의 여러 모습을 보여주는 것, 공옥진의 꼽추 등은 이러한 예술가들의 다중적 인격에서 비롯한다.

■ 다음 시에서 다중적 자아가 어떻게 충돌하는지를 살펴보자.

집을 나서는데 또 하나의 내가 나가려고 하지 않는다. 도저히 나가려 하지 않는 나를 두고 외출하면 사람들이 나를 알아보지 못할까 두렵다. 나는 집 안에만 틀어박혀 있는 나에게 타전한다. 지금 차도에서 막 신호등을 건너려고 하는데
네 안부가, 아니 내 안부가 궁금하여
발을 내디디면 허공이다

위 시는 시적 자아와 현실적 자아가 충돌하여 일상에 브레이크가 걸려 충돌하는 자아를 보여주고 있다. 집을 나서는 나와 집에 있는 내가 타협하지 못하고 충돌하고 있다. 이와 같은 다중적 페르소나가 병적 증상으로 나타나면 '나'는 자아를 믿지 못하거나 거부하여 극한의 불안에 빠진다. 어떤 자아가 진정한 자아인지 모르기 때문이다. 『지킬과

하이드』처럼 자아는 극한적 페르소나 사이에서 방황한다.

■ 다음 시를 통해서 다양한 인격을 찾아보자. 시적 자아는 두 인격 사이의 경계에서 흔들리고 있다.

> 기다리는 버스는 오지 않고
> 나는 루쉰 속을 헤맨다.
> 저 멀리
> 빌딩 꼭대기에 북풍이 깃발을 꽂고
> 가을을 털어낸다.
>
> 상점들은 하나둘 불을 꺼버리고
> 행선지를 알 수 없는
> 가을 몇 장
> 빨간 클랙슨을 떨어뜨리며 날아간다.
>
> 가을 한복판
> 아직도 버스는 오지 않고
> 루쉰은 내 안을 내내 떠돈다.

위 시에서 서정적 주체는 루쉰과 주체 사이에서 헤맨다. 루쉰이 나인지 내가 루쉰인지 알 수 없는 정체 불안을 겪는다. 그 불안한 심리 속으로 가을이 지나간다.

연습 18 다중적인 나의 모습을 중심으로 나와 또 다른 나와의 관계를 실제적인 사건이나 현실 속에서 긴장 관계를 갖게 만들어보시오.

3) 자동기술법

자동기술법은 무의식적으로 떠오르는 말들을 그대로 적는 기법이다. 혹은 정신이 몽롱한 상태에서 떠오르는 이미지를 그대로 적는 방법이다. 이는 의식의 범위 밖에서, 다시 말하면 무의식이나 전의식 상태에서 떠오르는 영상을 베껴 쓰는 기법이다. 이 기법은 앞뒤 논리적인 연결고리 없이, 무작위로 받아 적는 시의 기술법이다. 따라서 시인은 우리 안의 어떤 목소리가 하는 말을 서정적 주체가 논리적 의식 없이 그대로 따라 적는다. 이렇게 쓰인 시는 전후 관계가 이어지지 않아 언뜻 뒤죽박죽인 것처럼 느껴진다. 카오스의 무의식에서 떠오르는 이미지를 기록하기 때문이다.

합리적 이성으로 인해 한 사회가 타락하면 이러한 카오스가 필연적으로 다가온다. 어떤 규칙이 타락하면 혼란, 그 타락한 논리를 흐트러뜨려버려야 하기 때문이다. 제1차 세계대전 후의 서구라든가 한국전쟁 이후 우리 시에서 보여준 현상이 이런 경우라고 할 수 있다. 이러한 시대에는 어떤 진실도 유언비어와 변별되지 않는다. 타락한 시대에는 새로운 사회를 갈망하는 경향이 심해지고, 그리고 그 갈망이 깊어지면 한 시대의 변곡점이 나타난다. 그것을 먼저 아는 이가 위대한 사상가나 예술가이다. 현실의 모든 것, 자아라든가 사회적 규범을 믿을 수 없을 때, 그 규범을 무화시키는 예술적 감각이 요구될 때, 나와 내가 알고 있는 모든 지식이 작동하지 못하도록 그 규범을 철저히 혼란에 빠뜨린다. 이런 상황에서는 오직 직관만이 변곡점을 깨닫는다. 자신의 냉철한 의식보다는 몽롱한 상태에서 창작을 했을 때 진정한 예술작품이 나온다고 검은 사각형의 화가 말레비치는 말하고 있다. 논리와 합리적인 사고를 부러뜨릴 수 있을 때 우리는 또 다른 세계를 볼 수 있다. 시인뿐만 아니라 예술가는 순수자아나 사회적 자아를 거부하고 꿈이나 환각, 순간적 착상에서 나오는 언어를 표현하려고 한다. 이런 언어는 순간적 충동이나 왜곡된 정신, 혹은 직관에서 나온다. 카오스에서 건져 올린 이미지는 일상에서 만날 수 없는 뒤틀린 것들이다. 나를 표현하기 위해서 주체는 하나의 매개일 뿐이므로 혼돈 자체를 두서없이 기록한다. 혼란 상태에서는 머릿속으로 너무 많은 목소리가 들어온다. 그 다중 목소리를 앞뒤 없이 떠오르는 대로 마구잡이로 적어낸다. 혼란의 시대나 불안이 가중된 상태에서는 이와 같은 자동기술법이 가치가 있다. 라캉이 서구 사회의 혼란 속에 또 다른 혼란으로서의 카오스를 강조한 것도 이와 같다.

■ 다음에서 몇몇 시를 통해서 카오스의 세계를 맛보도록 하자.

① 뱀이 나를 감더니 덩굴이 피어오르고
  쪽배 하나 허공으로 떠가다 구름으로 젖는다.
  오래된 이름이 눈동자를 붉힌다.

나무가 나를 툭, 친다
나이테로 구부러진 귀에서
눈을 뜬 고양이 한 마리
입술 위에서 밤으로 파도를 탄다

② 사람이 우산을 가지고 건너는 호수, 땅의 불안한 초조, 이 모든 것은
없어지려는 희망을 낳는다. 한 사나이가 작은 귤을 감추고 걸어간다.
때로는 그 자신 위에 부채처럼 구부린다. 그가 살롱 쪽으로 가니 거기
에는 흰 족제비가 먼저 와 있다.

— 앙드레 브르통, 「자장」 부분

③ 떠오르는 바람이 만들어낸 종이비행기에서 추락한 얼굴이 수줍어하
며 아침에게 손을 내민다. 목소리를 듣고 있는 새들이 이현령비현령,
너는 아침 여섯 시의 한 페이지, 십가들이 공중에서 맴을 돌고, 기울어
진 휘파람 따라 울컥, 지붕 위에 걸린다.

①에서는 뱀이 덩굴로 피어오르고, 쪽배가 허공으로 떠난다. 그리고
귀는 나이테가 되고 고양이는 입술 위에서 파도친다. 혼돈 자체를 가
감 없이 적고 있다. ②에서는 시의 주인공이 있기는 하나 그의 행동은
무작위적이다. 우산으로 호수를 건너고 귤을 감추고 살롱 쪽으로 걸
어가는데 족제비가 와 있다. 정상적인 행동과는 거리가 멀다. ③에서
는 종이비행기에서 얼굴이 추락하고 목소리를 듣고 있는 새는 여섯 시
의 페이지에서 이현령비현령하고 십자가가 휘파람을 따라 울컥, 지붕
에 걸린다. 비정상적인 그로테스크한 현상이 두서없이 널려 있다.

연습 19 불안과 초조, 수만 가지 갈등 속에서 우리는 살아간다. 때로는 멍을 때리고 싶다. 이러한 나의 정신 상태를 시로 쓸 수는 없을까. 그러기 위해서 냉철한 이성을 버리고 떠오르는 낱말이나 문장을 논리적 계산 없이 적어보시오.

연습 20 자신의 일기나 메모장에서 무작위로 낱말이나 문장을 골라 논리적 연결고리 없이 이어 써보시오.

오늘밤 그대의 눈이 하늘에서
내 시에 별을 쏟아낸다
종이의 흰 침묵 속에
불꽃을 심는 나의 다섯 손가락

— 파로흐자드, 「사랑한다는 것에 대해」

제2장 언어의 집 만들기

과제 5 다음 단어나 이미지들을 이용해서 착란이나 몽롱한 무의식의 세계를 써보시오.

(1) 바람의 시체

(2) 권태에 빠진 옷

(3) 거북 섬, 갈라파고스

(4) 커피의 목소리

(5) 네 얼굴은 설문지야

(6) 철로의 끝에 하늘이 걸려 있다

(7) 노크 소리를 닮은 시계

(8) 스티커, 그리고 시장 입구

(9) 새 울음소리를 내는 촛불

(10) 바람을 통역하다

(11) 하얀 수수께끼

(12) 풍향계 쪽으로

(13) 압정, 벽을 건너다

(14) 구름의 지도

(15) 박쥐의 시간

(16) 뒤척이다

(17) 밍밍하다

(18) 골목이 어깨 위에서 빼밋이

(19) 휘우둥하다

(20) 동그라미를 그리는 새

4) 연상

연상은 무의식적으로 떠오르는 하나의 말에서 연상되는 또 다른 말을 따라가며 받아쓰는 기법이다. 이는 낱말이나 문장의 꼬리 물기라고도 할 수 있고, 한 이미지에서 연상된 이미지들을 발전적으로 이어붙이는 방법이기도 하다. 어떤 말에서 연상되는 또 다른 말을 끌어와 자신이 갖고 있는 합리적 이성을 허물어뜨리고 하나의 말을 실마리 삼아 다음 말을 잇는 방식이다. 말, 혹은 이미지는 우리의 의식과 상관없이 다른 말, 혹은 이미지를 부른다. 우리가 말을 찾아내는 게 아니라 하나의 말이 다른 말을 부른다. 이런 시에서는 말이나 이미지의 연속 그림이 나타난다. 다음은 변선우 시인의 「복도」의 일부이다.

> 나는 기나긴 몸짓이다 흥건하게 엎질러져 있고 그렇담 액체인걸까 어딘가로 흐르고 있고 흐른다는 건 결국인 걸까 힘을 다해 펴져 있다 그렇담 일기인 걸까 저 두 발은 두 눈을 써내려가는 걸까 드러낸 자신이 없고 드러낼 문장이 없다 나는 손이 있었다면 총을 쏘아보았을 것이다 꽝! 하는 소리와 살아나는 사람들, 나는 기뻐할 수 있을까

'길다'에서 '엎질러지다'로, 그리고 그 말은 다시 '액체'로, '액체'는 '흐르다'로, 또다시 '펴지다'로 나아간다. 하나의 말이 만들어낸 연상을 연결고리 삼아 잇고 있다. 이는 떠오르는 말들을 구슬 꿰기식으로 이어가는 방법이다. 하나의 화두, 즉 모티프에서 시작해 시인 자신의

체험에서 우러나오는 이미지나 말들을 발전적으로 연쇄해나가는 방식이 곧 연상법이다. 하나의 말은 그 말의 에너지나 울림, 혹은 의미의 영역에 따라 또 다른 말이나 이미지, 리듬을 끌어당긴다. 이 말이나 이미지의 끌어당김이 곧 연상이다. 하지만 우리가 의도하지 않더라도 한 단어와 관련된 말의 범주는 우리 자신의 체험이나 무의식과 관련되어 있어서 제한적일지도 모른다. 하나의 말이 다른 말을 부를 때는 우리의 무의식이 자동으로 연결시켜주기 때문이다.

■ 다음의 시들을 통해서 연상법의 예를 참고해보자.

① 국적 없는 밤 꽃상여 한 채 떠간다. 침묵이 피어난다. 사색의 강에 찍힌 심인(心印), 한 페이지의 꽃잎이다. 숨으로 더럽혀진 세월이 붉게 훌쩍인다. 강이 출렁인다. 나비다리도 출렁인다. 꽃상여 한 채 밤을 흔든다. 색이 만개한다. 허물어진 시간 속으로 만가(輓歌)를 잃은 꽃상여가 향기롭다. 태초의 길이 꿈틀거린다. 뭇 귀신들이 흐느낀다.

② 꽃이보이지않는다. 꽃이향기롭다. 향기가만개한다. 나는거기묘혈을판다. 묘혈도보이지않는다. 보이지않는묘혈속에서나는들어가앉는다. 나는눕는다. 또꽃이향기롭다. 꽃은보이지않는다. 향기가만개한다. 나는잊어버리고재처거기묘혈을판다. 묘혈은보이지않는다. 보이지않는묘혈로나는꽃을깜빡잊어버리고들어간다. 나는정말눕는다. 아아. 꽃이또향기롭다. 보이지도않는꽃이ㅡ보이지도않는꽃이.

ㅡ 이상, 「절벽」

위 두 편의 시를 보면, ①에서는 꽃상여가 침묵을 연상시키고, 침묵은 심인(心印)으로, 그리고 심인은 숨을 불러오고 숨은 강과 밤을 연상케 한다. ②에서는 꽃향기와 묘혈이 서로를 부르고 관계를 맺어 연속되어 나아간다. 말의 꼬리 물기 형태로 구성되어 있다.

연습 21 위 ②의 시처럼 2, 3개의 이미지나 말을 만들어 그것들의 관계를 연속적으로 잇되 시적 정서가 깊어지고 발전하도록 만들어보시오. 혹은 하나의 낱말이나 이미지가 불러오는 말의 연상에 의해 이어보시오.

연습 22 순우리말 중 자신이 잘 알고 있는 말을 선택하여 그 말에서 연상되는 또 다른 말을 형상적으로 적어보시오.

과제 6 다음의 자료들 중에서 하나를 선택하여 그 말이나 이미지를 다른 자료와 연결하여 연상으로 이어 써보시오.

(1) 소설에서 태어난 사람

(2) 장롱 속 반지처럼 멀뚱한 눈

(3) 방부제

(4) 머릿속에서 돌멩이들이 요란하게 떠돌아다니다.

(5) 가로수에 걸린 울음

(6) 크로키

(7) 이슥하다

(8) 부엌에서 칼들이 들썩이다

(9) 아슴아슴

(10) 말들이 떠돌며 부스러진다

(11) 별들이 자리를 바꾸느라 유난을 떤다

(12) 식빵으로 만든 새

(13) 수탉이 꽃을 게워내다

(14) 과거에서 온 사람

(15) 나무들이 네 눈 속에서 엉금엉금 걸어 다녀

(16) 뒤숭숭하다

(17) 유형을 떠나는 바람

(18) 담배도 소리를 내니?

(19) 버스 정류장을 서성이는 인형

(20) 엄마, 발에 이빨이 달렸어

5) 몽환

『열하일기』를 쓴 박지원의 언어관에 명심(冥心)이라는 말이 있는데, 이 말은 대상과 내적 자아의 일원화를 뜻한다. 이는 마치 무당이 엑스터시에 이르면 신과 소통하는 것과 같이 나를 비우고 객체를 주체로 수용하는 언어관이다. 무당은 엑스터시에 빠지면 현실적 자신을 놓아 버리고 귀신과 하나가 된다. 그래서 엑스터시에 빠진 무당은 귀신의 목소리를 내고, 작두 위에 올라선다. 무당은 몸을 영혼처럼 가볍게 한 뒤에 칼 위에 선다. 그는 순간 신의 대리인이 된다. 그러므로 전혀 다치지 않는다. 이런 상태는 대상과 주체가 전혀 구분 없이 하나가 되는 데에서 나타난 현상이다.

큰무당은 이때 접신(接神)한다. 무당에게 접신의 경지에 이르게 하는 건 무엇인가? 칼 위에 서기 전에 무당은 무아지경에 빠진다. 무아지경에 빠지기 위해서 무당은 엄청난 리듬을 탄다. 징과 꽹과리, 북 등 음악, 즉 리듬을 통해서 현실의 자아에서 떠난다. 이때 신명이 나서 몽환 속으로 들어간다. 신명이란 나와 세계가 하나가 되는 현상이다. 몽환 속으로 들어가는 길은 음악에 있다. 신을 만나거나 칼 위에 서려면 자신도 신처럼 되어야 하는데, 무당은 신을 만나기 위해서 음악의 리듬을 탄다. 리듬은 신이 내리는 길이며, 신에게 다가가는 길이다.

교회나 절에 가서 의식을 행하기 전에 우리는 먼저 찬송을 한다. 신(神)은 리듬, 즉 음악을 타고 나타나기 때문이다. 마찬가지로 무당도 접신할 때 음악을 통한다. 리듬 위에 설 수 있는 사람만이 몽환의 경지에 이르고, 몽환의 경지에 이르러야만 현실 너머의 세계가 보인다. 그때 무당은 죽은 이의 혼과 대화를 하고 죽은 이의 하소연을 듣는다. 리듬은 접신의 매개체이다. 현실에서 보통 사람들이 볼 수 없는 것들을 볼 수 있고 들을 수 없는 소리를 들을 수 있어야 큰무당이 된다. 큰무당은 징과 꽹과리, 북 등 음악을 탈 줄 아는 음악 놀이꾼이다. 그는 곧 영혼의 음악 속에서 선율 위에 설 수 있고, 음악 속에서 현실적·합리적 자아를 잊는다. 그만큼 접신은 음악이 대단히 중요한 매개 역할을 한다. 신을 만나려거든 음악을 알아야 한다. 음악은 신의 언어이기 때문이다. 시에서 그것은 리듬이다. 시는 전통적으로 신비로운 양식이다. 리듬 때문이다.

음악은 시적 주체를 몽환 속으로 데려다 주는 매개체이다. 영혼은 리듬을 탄다. 우리는 시의 리듬을 통해서 몽상으로 들어갈 수 있고 시의 혼을 만날 수 있다. 리듬은 우리의 혼이 시의 행간으로 들어가게 하는 통로이다. 잠자고 있는 혼을 깨우는 게 리듬이다. 이 리듬을 통해서 시인은 현실 너머의 세계로 부드럽게 넘어간다. 무당집 앞에 대나무나 소나무를 세워놓는 것은 모두 리듬 때문이다. 대나무나 소나무는 마디가 있어서 신이 그 마디, 곧 리듬을 타고 세속으로 내려온다. 그리고 교회나 절에 가면 예배 전에 찬송가나 찬불가를 부르거나 피아노와 목탁을 친다. 이는 리듬을 통해 신과 접속하기 위한 하나의 방편이며 상징이다. 리듬은 세상에 생기, 활력을 준다. 우리는 리듬으로 살아가기 때문이며, 우주가 리듬으로 이루어져 있고 자연이 리듬으로 되어 있기 때문이다.

리듬은 규칙성이다. 좋지 않은 귀신이 나올 법한 곳은 불규칙적이다. 우당탕탕……. 리듬은 유클리드 기하학처럼 세계의 혼에 생산적이며 아름다움을 설계한다. 모든 생명은 리듬을 갖고 있다. 호흡과 맥박, 생활 패턴은 모두 리듬을 탄다. 우리의 집인 우주가 조화로운 것도 리듬 때문이다. 리듬은 반복성을 그 원리로 하지만 모든 것을 변화시키고 아름답게 한다.

시인은 시를 쓸 때 음악적인 혼에 이끌려 새로운 세계로 들어간다. 리듬을 타야만이 예술적인 신비의 세계로 들어갈 수 있기 때문이다. 시인은 음악을 통해서, 혹은 영혼의 음악적 리듬을 타고서, 걸림이 없는 자유인이 된다. 그때 이미지나 말들이 자연스럽게 연결되고 배열된다. 몽롱한 상태에서 그냥 쓰면 시가 된다. 손이 말하는 소리를 듣고, 구름이 꽃이 되는 순간을 볼 수 있고, 허공의 미소가 방울지는 것이 보이며, 내가 가고 싶은 산이 나에게 다가오는 게 느껴진다. 오직 리듬을 통해서이다.

시인은 리듬으로 언어 사이를 걷는 몽상가이다. 중국의 2대 무술 종파 중 장삼풍이 창시했다는 무당파가 있다. 무당파는 도교(道敎)의 영향 때문이기도 하지만 무엇보다도 자연과 자아가 서로 거스름이 없이 원융해지는 것을 목표로 삼는다. 그래서 그 문파는 자연과 내가 하나로 합일되면 그 정신력으로 무공을 펼치는데 리듬 있는 자연스런 동작을 중시한다. 도교에서 음악을 중시하는 것이 이와 무관하지 않다. 불교(佛敎)에서 삼매(三昧)에 빠지면 이루지 못할 것도 없다고 한다. 삼매는 구별 없는 혼의 수용에서 이루어진다. 시인도 이와 마찬가지이다.

장미를 쓴다면 그 장미와 내가 하나가 되어야 한다. 다시 말하면 내가 장미가 되고 장미가 내가 되어 그 둘이 전혀 구별할 수 없는 정신 상태가 되어야 영혼의 시적 언어는 완성된다. 정신이 리듬을 통해 자유로워지면 우리의 혼은 걸림이 없어진다.

시인은 사회적 자아를 비워야 한다. 지식이나 욕심으로 가득 찬 시인은 타자 속으로 걸어 들어갈 수 있는 가벼운 발걸음의 리듬을 찾기 힘들다. 노발리스에 의하면 시란, 마술적인 세계인데, 그 마술적 세계는 시인의 마음과 대상이 마술적으로 서로 감응하여 나타난다. 마치 꿈속인 듯 몽환적인 세계에서 대상과 자아가 하나가 되어야 시의 세계가 구축된다. 때로는 대상이 나에게 걸어 들어오기도 하고, 때로는 내가 대상 속으로 걸어 들어가기도 한다. 이때 나는 걸림이 없다. 꽃에서 음악이 켜지고 음악 속에서 파도가 친다. 드뷔시의 〈달빛〉이라는 음악에서 달의 풍경 속 목소리가 들린다. 이는 곧 우리의 영혼이 리듬을 통해 시공간 어디에도 걸림이 없이 다니는 걸 의미한다.

이러한 몽환적 음악 속에서 시인은 걸림이 없고 거침이 없다. 바람 속에서 풍경화를 보고, 파도에서 피아노를 읽을 수 있으며, 노래 속에서 얼굴을 볼 수 있다. 합성과, 공감각, 착란이 자유자재로 될 뿐만 아니라 언어를 자연스럽게 리듬으로 엮을 수 있다. 이때 시인의 감성은 최고조로 상승하여 가슴이 떨리고 뜨거운 열기가 가슴에서 머리로, 다시 온몸으로 퍼져 읊으면 그대로 풍성한 노래가 된다. 산이 엉금엉금 걸어 다니는 걸 보고, 바람의 악보를 읽을 수 있고, 나무들의 회의에 참여할 수 있다. 고흐나 말레비치처럼 제 리듬을 고집하지 않고 자연의 리듬에 나를 맡기면 어떤 한계도 뛰어넘을 수 있다.

우리의 일상 속에는 합리와 논리의 이성적 사고가 넘쳐 난다. 이런 생활 속에 묻혀 살다 보면 예술의 세계로 들어가기 힘들다. 다시 말하면 머릿속에 계산기를 넣고 살아가야 하는 일상에서 시인이 예술의 세계로 나아가려면 매개가 필요하다. 그것이 바로 음악이다. 시인은 음악을 습관처럼 들어야 한다. 음악 중에서도 클래식을 권하고 싶다. 혹은 퓨전 음악을 권하고 싶다. 가사가 있는 음악보다도 가사가 없는 음악을 권하고 싶다. 왜냐하면 가사에, 가사의 의미에 마음을 빼앗길 수 있기 때문이다. 음악은 의미를 좇아가지 않는다. 시인도 의미에서 자유롭다. 음악이나 시는 명상의 한 형태이며 영적인 목소리이다.

■ 다음 시에서 자신의 호흡으로 문장부호를 찍으며 영혼의 마디를 느껴보자.

참외밭 위로 피어나는 구름이 밤하늘을 노랗게 걷는다 약속이 무너진 산등성이로 참외 하나 떠올랐다가 가라앉고 밤의 파수꾼인 양 별들이 나무들 사이로 두런두런 지나다닌다 어디선가 암호는 시발 하는 외침이 바람결로 떠다닌다 원두막 안에서는 잠을 설친 아낙이 잔기침을 뱉는다 저만치 낯선 그림자가 밭 가장자리에서 모시 잎으로 돈다

위 시는 꿈속을 걷는 걸 형상화하고 있다. 여기에서 꿈은 곧 시다. 시가 꿈이듯이 꿈을 베껴 쓰면 시가 된다. 그 꿈속을 언어가 걷고 있다. 여기에서 호흡은 리듬의 마디를 만들며 나아간다. 자신의 호흡을

따라 위 시에 호흡의 마디를 만들어보자.

■ 다음은 베이다오(北島)의 시이다. 문장을 호흡 단위로 행갈이했다. 자신이 하고 싶은 행갈이와 비교해보자.

카프카의 어린 시절이 광장을 가로질렀다
꿈이 무단결석한다, 꿈은
구름 속에 앉아 있는 무서운 부친이다
— 베이다오, 「프라하」 부분

위의 시는 프라하를 걸으면서 카프카를 읽던 나의 어린 시절과 카프카의 어린 시절을 오버랩한다. 그리고 그것은 꿈의 안팎에서 엉킨다. 그만큼 이 시는 몽롱한 영혼으로 읽어야 한다. 2행에 꿈이 두 번 들어와 있다. 그리고 뒤의 꿈 바로 앞에 쉼표가 찍혀 있다. 거기에서 느끼는 음악은 무엇일까.

무의식의 시들은 몽롱파의 시에서 잘 나타나는데, 이들은 몽롱하기 때문에 소통이 잘 이루어지지 않아 애매모호한 시가 될 수 있다. 그런 시들은 마치 우윳빛 유리로 밖을 내다보는 것 같아 시가 독자의 의식 속으로 파고들지 못하는 단점이 있다. 시가 오직 분위기와 느낌만으로 다가오기 때문이다. 하지만 몽롱파 시는 다양한 해석과 풍성한 느낌을 줄 수 있다. 영혼이 몽롱한 안개 속에서 경계를 넘어서기 때문이다.

연습 23 음악을 들으면서 몽상 속으로 걸어 들어가 느끼는 대로 써보자. 음악의 몽상에 빠지면서 침묵 속을 걸어가보자. 그리고 자동기술법으로 받아써보자.

붓을 들면 비바람을 놀라게 하고(筆落驚風雨)
시를 쓰면 귀신이 울었네(詩成泣鬼神)

— 두보, 「이백에 부쳐(寄李白)」

　　　　　　　　　　　　　제2장 언어의 집 만들기

과제 7 다음 자료를 이용해 몽환 속에서 누군가가 말하는 소리를 들어보시오.

(1) 무덤에서 나는 소리를 들어봐

(2) 심장이 헛소리를 해요

(3) 옥타브를 잃어버린 목소리가 하늘에 걸려 있다

(4) 풀잎은 유일한 시인이 되고 싶어 한다

(5) 눈부처

(6) 유령이 나를 읽어요

(7) 종소리가 떠도는 거리에서

(8) 부정한 짓을 못하도록 손을 호주머니에 집어넣다

(9) 눈에 뜬 별

(10) 내 안에는 잔소리꾼 새가 둥지를 틀고 있다

(11) 가위가 꿈속에서 손가락을 키우고

(12) 저만치, 오십이 번지

(13) 떠도는 편지

(14) 촛불로 그리는 자화상

(15) 머릿속은 귀신들의 놀이터

(16) 바다를 찾지 못한 한 척의 배가 쿨렁,

(17) 그렁그렁하다, 목소리를 낮춘

(18) 괄호를 벗겨줄게

(19) 웃음을 목에 걸고

(20) 골디록스와 곰 세 마리

Poetry

언어의 배열

사람이 젊어서 시를 쓰게 되면, 훌륭한 시를 쓸 수 없다. 시를 쓰기 위해서는
때가 오기까지 기다려야 하고 한평생, 되도록 오랫동안, 의미와 감미를
모아야 한다. 그러면 아주 마지막에 열 줄의 성공적인 시행을 쓸 수 있다.
시란 사람들이 주장하는 것처럼 감정이 아니고, 경험이기 때문이다.
— 라이너 마리아 릴케, 「말테의 수기」

모티브의 전개

하나의 말은 다른 말이나 이미지, 혹은 리듬을 만나 새로운 환경에 처하게 된다. 말의 가장 좋은 만남은 미적으로 상승 작용을 하여 풍성한 정서가 일게 하는 결합이다. 우리는 그와 같은 결합을 합성이나 공감각, 착란에서 살펴보았다. 그런데 이러한 말이나 이미지의 결합 방식뿐만 아니라, 그렇게 결합된 문장을 어떻게 배열하느냐 또한 시행이나 연의 발전적 배치에서 중요한 의의를 갖는다. 다시 말하면 하나의 시 구절이나 이미지, 시행이나 연을 배열할 때 다양한 방식으로 변주하는 것은 시의 주제, 혹은 모티프를 보다 풍성하게 만드는 미적 전개 방법이라고 할 수 있다. 시인은 하나의 말이나 이미지를 이렇게도 표현하고 저렇게도 표현하여 그 주제가 부챗살처럼 발전해가도록 복합적으로 엮는다. 그러기 위해서는 하나의 구절이나 이미지를 발전적 변주에 의해 다른 색깔로 보여준다거나 중심 화제(話題)를 다양한 색깔의 말이나 이미지로 퍼져나가도록 변주해야 한다. 하나의 모티프를 때로는 어떤 이미지나 리듬의 일정한 패턴에 변주를 주기도 하고, 유사성이나 인접성으로 발전할 수 있도록 배열하기도 한다. 음악에서처럼 하나의 주 멜로디로 시작하지만, 그 주 멜로디가 다음 소절에서는 변주되어 주제에 깊이를 부여하고 풍성하게 변화를 줄 수 있도록 배열하듯이 시에서도 이와 마찬가지로 언어에 변주를 준다.

> 창문 너머로 일요일을 내다본다. 일요일은 광활하다. 광장 한가운데에서 청소부가 일요일을 쓸어낸다. 바스락 소리를 내는 일요일. 길 건너편 카페 〈르 몽드〉에서 나온 사내가 일요일로 걸어 들어간다. 개 한 마리가 일요일 속으로 쏜살같이 달려간다. 사내가 개를 좇는다. 일요일이 흔들린다. 청색 하늘이 우수수 떨어진다. 광활한 일요일 여기저기 서 있는 가로등이 창백하다. 구름은 살이 쪄가고 나무들은 파랗게 촛불을 돋운다. 저음으로 떨리는 파란 촛불의 현이 일요일을 연주한다. 금세라도 일요일이 훌쩍일 것만 같다. 창문으로 일요일이 출렁인다.
>
> — 전기철, 「일요일」

위 시는 '일요일'을 바라보며 시각에 변주를 가하고 있다. 그 변주는 "내다본다"에서 시작하여 "광활하다", "쓸어낸다", "걸어 들어간다", "흔들린다"로 나아간다. 그리고 거기에 다시 구름과 비를 삽입하여 원래의 주제, 혹은 모티프를 좀 더 과감하게 발전시키고 있다. 그렇게 함으로써 하나의 감각은 새로운 주제로 발전하고 있다. 그와 함께 시의 상상력은 더욱 풍성해지고 깊어진다. 이처럼 한 모티프에서 시작해 다른 모티프로 변주하여 시의 주제는 리듬을 타면서 좀 더 확장되고

깊어질 뿐만 아니라 그 의미 또한 열리게 된다. 그만큼 시는 복합적이
된다.

시의 배열은 여러 가지가 있을 수 있으나, 대개 두 가지 방법이 있
다. 하나는 원래의 모티프를 반복적으로 배열하는 방법이고, 다른 하
나는 본래의 모티프에 새로운 모티프를 부가하여 확산하는 방법이다.
반복적으로 할 경우 배열은 모티프에 변주를 주면서 리듬감을 부여하
고, 새로운 모티프들을 부가할 경우 보다 강한 임팩트를 통해 또 다른
영역으로 확대하거나 심오하게 한다. 다음에서는 이를 주제의 변주,
의미의 확장, 그리고 무의식의 탈문법으로 나누어 살펴보도록 하겠
다.

2
주제의 변주

　시의 배열 방식으로 먼저 주제의 반복에 의한 변주가 있다. 우리는 시를 쓸 때 하나의 주제, 즉 모티프에서 출발한다. 하나의 주제는 변형을 통해서 발전한다. 하나의 주제에 약간의 변형만 가하여 반복적으로 배열했을 때 본래의 주제는 변형, 발전해간다. 이것이 패턴이다. 우리가 얼굴이라고 했을 때 왜 꼭 사람의 얼굴만을 생각하는가? 사람에게 얼굴이 있다면 다른 모든 것들에도 얼굴이 있다고 생각할 수는 없는가? 사람에게 사랑이 있다면 다른 동물이나 사물, 자연이나 관념에는 사랑이 없을까? 적어도 예술뿐만 아니라 수학에서도 이러한 동일성의 인식에 따른 패턴으로 발전해가면서 새로운 수식(數式)이 만들어진다. 실수에서 무리수를 만들어내고, 다시 허수를 만들어내는 방식이 그것이다. 소리를 귀로만 들을 수 있는가? 입을 가진 것만이 소리를 내는가? 모든 입들은 소리를 낸다. 마찬가지로 모든 귀는 입을 기억한다.

하나의 소리를 다른 위치에 놓으면 그 소리는 변한다. 이것이 변주이다. 소리와 소리를 합성하고, 분절해놓으면 소리에 변화가 일어난다. 변주는 하나의 멜로디나 화성을 다음 소절에서 부분적으로 다른 멜로디나 화성으로 바꿔서 표현하는 배열 방법이다. 음악에는 변주곡이 많다. 브람스의 〈파가니니를 주제로 한 변주곡〉이라든가 파헬벨의 〈캐논 변주곡〉 등 음악에서는 기존의 작품에 리듬이나 조성을 달리해 창작하는 변주곡이 많다. 이는 그림에서도 나타난다. 밀레와 고흐, 모네와 피카소는 유사 배경의 다른 경향으로 그린 변주라고 할 수 있다. 또한 크느그와레예의 〈움직이는 선〉이라는 그림은 하나의 그림에 다른 그림을 갖다 붙임으로써 선이 움직이는 것 같은 새로운 느낌을 갖게 한다. 또한 하나의 화폭 안에서 형상과 선, 면, 색에 변주를 주면 주제는 달라지고 풍성해진다.

하나의 감각이나 모티프는 다른 모든 것들에도 있을 수 있다. 다시 말하면, 하나의 현상은 보편화시킬 수도 있고, 불가능하다고 인식되는 양식에 적용할 수도 있다. 이는 상상력을 통해 주제를 발전시키는 효과를 갖는다. A에서 시작한 모티프는 $A \rightarrow A' \rightarrow A'' \rightarrow BA \rightarrow BA'C$로 변주, 발전시켜나갈 수 있다. 이러한 변주는 다양한 형태로 나타난다.

유사와 차이는 시행의 발전적 배열에 중요한 요인이다. 헬렌 켈러는 보고 듣지 못하는 사람이었다. 말하는 것도 불가능했다. 그러나 개인교사였던 설리번은 그 헬렌 켈러에게 만지고 맛보게 하여 그 감촉과 냄새, 맛을 느끼도록 했다. 그런 다음 설리번은 헬렌 켈러의 손바닥에 글씨를 써주었다. 설리번은 그것을 '낱말의 입맞춤'이라고 했다.

하나의 감각과 낱말을 유사한 모티프로 연결시켜 다른 낱말로 넘어갈 수 있게 한 것이다. 그리고 다시 유사한 감각으로 발전해가면서 낱말을 늘려갔다. 생각의 빛과 한낮의 빛의 동일성과 차이, 꽃의 색깔과 향기의 동일성과 차이, 그리고 그때의 기분을 정리하여 꽃의 색깔과 관련한 낱말을 가르쳤다. 이는 시에서도 마찬가지이다. 어둡다는 말이 있으면 그 어둡다는 '밤이 어둡다'에서 '밤 속의 얼굴이 어둡고', 다시 '얼굴에 묻힌 이파리들이 어둡다'로 나아간다. 여기에는 '어둡다'는 패턴이 있다. 이는 A→AB→AC→BC로 나아간다. 이는 원래의 모티프 A에 변주를 주어 AB로, 다시 BC로 나아가게 한 A의 패턴이다.

■ 다음 시는 패턴에 의한 변주가 잘 나타나 있다. 어떤 모티프가 어떻게 변주되는가를 살펴보도록 하자.

① 밤인데
　외로우시다고요
　그러면 시를 쓰세요
　먼저 비를 내리게 하세요
　그리고 비의 목소리를 들여다보세요
　집에 소주가 있다면
　그 술을 고흐라고 부르고
　한쪽 귀만 있는 술잔에 따르세요
　그때 누군가 문을 두드린다고 생각하세요
　두려움이어도 좋고 후회도 좋아요
　　　　　　　— 전기철, 「밤의 카페－자크 프레베르 풍으로」 전문

② 손을 안심시키기 위해서, 굿모닝 굿모닝

　　손에게 손을 주거나 다른 것을 주지 말아야 한다
　　손을 없게 하자
　　침묵의 완전한 몸을 세우기 위해서 어느 순간 손을 높이,
　　높이 던지겠다

　　손이 손이 아닌 채로 돌아와 주면 좋을 일
　　손이 손이 아닌 것으로 나타나면 좋을 것이다 굿모닝 굿모닝
　　　　　　　　　　　　　　　　　　　　── 김기형, 「손의 에세이」 부분

　시 ①은 프랑스 시인 자크 프레베르의 시풍을 빌려와 자신의 주제로 쓴 시이다. 프레베르의 부드러운 어감을 그대로 차용한 시라고 할 수 있다. 즉 프레베르의 어감을 변주한 시이다. 시 ②는 소재의 다양한 변주로 이루어져 있다. '손'은 hand의 '손'이었다가 손님의 '손'으로 변하고, 다시 '손실'의 '손'으로 발전한다. 이 시에서 '손'은 그 발음은 같으나 뜻은 다변화하는 '손'이라는 발음 모티프를 뜻으로 변주하여 말은 부챗살처럼 퍼져나간다. 말의 기호와 의미의 차이를 통해 '손'은 변주되어 풍성한 느낌을 갖게 한다.

　■ 다음 시에서 변주의 양상을 살펴보고 문장이 어떻게 배열되는지를 보자.

① 방 안에는 얼굴로 붐빈다. 낯선 사람인 양 거울 속에 주렁주렁 걸려 있는 얼굴들. 비명을 지를 듯한 벽시계, 못마땅해 하는 형광등의 눈꼬리, 찢어진 벽지 사이로 내다보는 무표정한 얼굴, 나를 꼬나보는 사물들

② 시간은 제멋대로다. 책상 위 시계는 늘 지금 바로, 라고 중얼거리지만, 바로 위 벽에 걸려 있는 시간은 너는 바보야. 천천히 움직여야 해, 라고 어제에서 걸어온다. 거실에서 눈만 깜박거리는 오래된 그림 아가씨는 난 먼 데서 왔어요. 나는 그날의 초원을 걷고 있어요. 스와니 강이 나를 아직도 기다리고 있거든요, 라고 그때를 걷는다. 아, 나는 바로 어느 때를 걷고 있는가.

위 시 ①에서 보면 사람의 얼굴에서 시작하였지만, 그 다음에는 거울 속 일굴로, 그리고 나시 벽시계의 비명으로, 형광등의 눈꼬리로 나아갔다가 무표정에 이른다. '얼굴'이라는 하나의 모티프는 패턴의 변주를 통해서 새로운 상상의 영역으로 나아간다. ②에서 시간 혹은 시계는 단순한 시계나 시간에서 말하는 시계, 혹은 어제에서 걸어오는 시간으로 변주되어 그림 아가씨와 그날이 초원, 스와니 강, 그때로 발전해 가면서 상상력은 앞으로 나아간다. 그와 함께 '바로'라는 말을 반복하면서 주제는 풍성해지고 새로워진다.

리듬 또한 변주의 중요한 요인이다. 모티프가 의미의 변수라면 리듬은 형태의 변주이며 배열 방식이다. 우주에 리듬이 있는 것처럼, 모

든 생명체에 리듬이 있는 것처럼, 아름다운 것들은 모두 리듬이 있다. 시가 산문과 다른 가장 큰 요소는 리듬이다. 시에서 리듬은 한 행, 혹은 한 연이 음악적으로 구성되도록 하는 형태소이다. 이는 마치 노래에 마디와 소절이 있는 것과 같다. 음악에서 어떤 소절은 빠르게 어떤 소절은 느리게 배치한다. 이와 마찬가지로 시에서도 짧은 시행은 경쾌하고 감성적인 느낌을 주고, 긴 시행이나 산문시는 사색적이거나 이야기적이어서 무겁고 찐득찐득한 느낌을 준다. 동시(童詩)의 시행은 짤막하고 시의 연 또한 단순하다. 동시는 그만큼 감성적이며 감각적이다. 그에 비해 산문시는 깊이 있는 사색이 있거나 산문 같은 이야기가 들어 있다. 이런 리듬의 기본적 원칙에 음악의 대위법에서처럼 시에서도 변주를 줄 수 있다. 변주는 하나의 리듬 패턴에 변화를 주어 다르게 보이게 한다.

산에
산에
피는 꽃은
저만치 혼자서 피어 있네

— 김소월, 「산유화」 부분

위 시는 기본적으로 3박자이다. 그런데 1~3행까지는 음보별로 행갈이를 하고 4행은 행갈이를 하지 않았다. 3박자의 리듬을 기본으로 하고 그 기본적인 리듬에 변주를 주었다. 3박자의 패턴에 변주를 준 것이다. 1~3행이 짧은 시행으로 감성적으로 흘러가고 있다면 4행은 길게 배치하여 사색적이다. 시행은 노래의 소절과 같아서, 시행이 짧으면 호흡이 길고 느린 박자를 느끼게 하고, 긴 시행은 빠른 박자로 숨 가쁘게 달려가는 느낌을 준다. 1~3행은 4행보다 감성적으로 느리게 부를 수밖에 없다. 그만큼 4행은 빠르게 지나가는 읽기를 해야 한다. 4행은 사실적이거나 사색적이다. 만일 1행부터 4행까지를 똑같은 형태로 짰다면 시는 밋밋하고 시적 감성은 독자의 충동을 일으킬 수 없었을 것이다.

이는 시의 연(聯)도 마찬가지이다. 시의 연은 하나의 방(room)과 같다. 시행(line)이 서까래라면 시의 연은 방이다. 각 방은 각자의 의미나 이미지, 혹은 독자적인 리듬에 의해 구분된다. 그만큼 리듬은 시의 의미까지도 결정한다. 산문시로 써야 할 것인가, 시행을 얼마나 나눌 것인가는 이러한 리듬을 고려하는 데에서 비롯한다. 물론 강조해야 하는 시행도 짧게 끊는다. 또한 문장부호를 찍느냐 찍지 않느냐에 따라 리듬은 달라진다. 한 문장이 서술형 어미로 끝났는데 마침표나 쉼표를 찍지 않는 것은 리듬과 관련이 있다. 서술형 어미에 문장부호를 찍지 않으면 뒤의 낱말이나 시행과 연속적으로 이어진다. 문장부호를 찍는 행과 찍지 않는 행도 리듬이 달라진 데서 비롯한다.

시행의 배열에서도 긴 시행과 짧은 시행을 앞뒤에 배치해놓으면 그 느낌 또한 색다르다. 시의 느낌은 호흡에서 오기 때문이다. 급하게 호흡하다가 갑자기 느린 호흡으로 바뀌면 호흡은 격해진다. 시의 느낌도 그에 따른다. 이는 시의 리듬에서 주제를 드러내는 한 방법이나. 가령 3음보의 리듬을 주 리듬으로 하는 시에 4음보나 5음보, 혹은 2음보로 변주를 준다면 호흡에 따라 시의 느낌은 달라진다. 그에 따라 시는 진폭을 갖게 되고, 주제 또한 요동을 칠 것이다. 이것도 패턴의 변주라고 할 수 있다.

이러한 변주는 아주 다른 양식을 시로 옮길 때 많이 활용된다. 영화나 연극, 여행기 등의 형식을 차용하여 시에 변주를 준다면 시는 풍성한 형식으로 양식적 확장을 꾀할 수 있다. 형태는 새로운 상상이나 주제를 불러온다. 다른 양식을 끌어들여 작품에 적용하면 시는 새로운 느낌을 준다.

연습 1 '토요일'의 패턴을 찾아보고, 그 토요일에 다양한 변주를 주시오.

연습 2 '본다'의 패턴을 찾아보고, '본다'를 변주해보시오. 사람만 보는 게 아니라 모든 것들은 본다고 상상해보시오. 심지어 '본다'까지도 본다고 상상해서 써보시오.

연습 3 불안의 패턴으로 시를 쓰되 리듬을 고려해 써보시오. 시행의 길이, 문장부호뿐만 아니라 박자에 변주를 주어 써보시오.

과제 8 다음의 이미지들을 일부나 모두를 변형하고, 자신이 조사한 이미지들과 순우리말을 더하여 발전적으로 배열해보시오.

(1) 누이의 통증이 배달되다

(2) 전단지는 최고의 문장이야

(3) 모래로 된 말

(4) 인격이 없는 거리

(5) 기우뚱하다

(6) 눈으로 파고드는 은행나무

(7) 옷걸이에 나를 걸어놓다

(8) 핸드백에서 아버지가 태어나요

(9) 자동차들의 공동묘지

(10) 청색이 나선형으로 날다

(11) 그의 말을 용접하다

(12) 아침으로 말들을 마신다

(13) 어스름 쪽으로 기울어진 집

(14) 초록이 비를 쏟는다

(15) 얼굴로 미소가 지나가다

(16) 너는 정류장을 서성인다

(17) 거울 속을 떠도는 말

(18) 너는 스카프고 나는 마스크다

(19) 꿈을 꿰매다

(20) 쥐 한 마리

의미의 확장

낱말이나 문장을 배열할 때 의미의 확장을 꾀하는 방식이 있다. 다시 말하면 시를 배열할 때 하나의 말이나 이미지는 의미의 확장을 통해서 화제는 깊어지고 시행이나 연은 발전해 간다. 이는 주로 은유에 잘 나타나는데, 프로이트는 이를 꿈의 압축으로 설명한다. 그에 의하면 무의식 속 '더러운 욕망'이 꿈을 통해 의식의 밖으로 나올 때 심리적 검열을 겪게 되는데, 그때 꿈은 그 욕망을 위장하기 위해 생략하고 그 욕망 중에서 부분만을 선택하고 여러 가지를 통합하고 용해하는 과정을 거친다. 그것이 압축이며, 은유이다. 꿈에서 하나의 모티프가 만들어지면 그 모티프를 다음 단계에서는 유사하지만 보다 발전적인 다른 모티프로 대체한다. 이때 은유는 한 의미의 범주 내에서 보다 효과적인 말들을 진열하는 방식이다. 프로이트가 압축이라고 한 말이 곧 이것이다. 표현하고 싶은 말 중에서 최고의 효과를 낼 수 있는, 여러 욕망을 버무린 말을 찾아낸 모티프가 곧 압축된 말이다. 이러한 선택은 일회성이 아니라 몇 단계를 거치면서 하나의 꿈으로 배열된다.

언어적인 면에서 야콥슨은 은유를 하나의 화제를 발전시키기 위해 머릿속에 있는 말을 선택할 때 의미나 정서의 유사성에서 찾는 방법이라고 한다. '나는 노래를 좋아한다'라는 문장이 있으면, '노래'라는 말을 사용하지 않고 '목숨'이라는 말을 선택했다고 한다면 말이 통하지 않는다. 그러나 '노래' 대신에 '우물'이나 '마을'을 넣으면 말이 통한다. 이와 같이 어떤 말을 선택할 때 의미의 범주 내에서 배열하는 방식이 곧 은유이다. 그런데 이 은유는 의미나 정서적으로 보다 효과적인 말을 찾는다. 은유가 정서의 압축이라는 건 정서적으로 최고조의 효과를 낼 수 있는 말이라는 뜻이다. 그런 말들을 골라 배열했을 때 시는 점층적 효과를 낳고 상상력은 배가된다.

이렇게 은유는 하나의 말을 느낌이나 뜻에서 가장 효과적으로 발현될 수 있는 말들로 대체하여 말을 이어나가는 선택과 배열 방법이다. 김동명의 「내 마음은」이라는 시에서 보면, "내 마음은 촛불이요"에서 '촛불'은 '호수'나 '나그네' 등으로 정서상 치환이 가능하다. 그렇게 바꿔놓으면 내 마음의 정서는 변화를 겪으면서 풍성해진다. 그래서 다음 행에 "내 마음은 호수요"와 "내 마음은 나그네"가 배열된다. 그때 내 마음은 풍성한 의미의 확장을 얻게 된다. 이때 바꿔놓는 말은 최선의 말이어야 한다. 정서를 점층적으로 고조시켜야 하기 때문이다. 정서나 의미의 유사성은 말을 발전시키는 한 방법이다. 이는 상상력을 새로운 단계로 발전해 갈 수 있게 한다. 패턴이 형태의 동일성으로 발전해간다면 유사성은 정서나 의미의 유사성 범주에서의 말 찾기이다.

제3장 언어의 배열

이는 하나의 모티프를 중심으로 정서를 발전적으로 고양시켜주는 말로 바꿔나가는 방식이다. 은유는 말을 선택, 배열할 때 의미의 확장을 기준으로 삼는다. 은유는 같은 정서나 의미의 다른 효과적인 말을 선택, 배열한다.

■ 다음 시에서 '고독'이라는 말이 어떻게 다른 말로 바뀌어 배치되어 의미의 확장을 꾀하는지를 살펴보자.

고독에는 합창을 들여다보는 아이 눈동자의 반짝임이 있고, 시장에서 싸움하는 어머니의 두근거리는 가슴, 그 씁쓸한 뒷맛이 있다. 늙은 어머니의 치마폭이 땅에 끌리는 소리가 들린다.

위 시에서는 고독의 다양한 경우들이 선택되어 정서는 점점 고조된다. 처음에는 눈동자였지만, 그것은 다시 어머니의 가슴, 소리 등 하나의 범주 안에서 의미의 확장을 꾀한다. 여기에서 유사성은 정서나 의미라고 하는 구심력으로 작용한다.

야콥슨은 유사성 장애, 혹은 은유 장애로 인해 엉뚱한 말을 선택할 수 있다고 본다. 그에 의하면 실어증 환자가 머릿속에 있는 말을 선택할 때 오류가 생겨 엉뚱한 말을 선택할 수 있다는 것이다. 그렇게 되면 은유 장애로 인해 이 사람은 말을 잇지 못하거나 잇더라도 엉뚱한 말을 이어 문장구조가 파괴되어 소통이 불가능해진다. 하지만 이는 시에서는 이미지의 영역을 넓혀주는 하나의 방법이기도 한다.

시에서 유사 영역을 벗어나는 단어 선택은 얼마든지 있을 수 있기 때문이다. 실어증 환자의 경우, 낱말의 선택 자체에서 유사성의 오류를 범하여 정서적 느낌 자체가 없지만, 시인의 경우, 아슬아슬하게 유사성의 경계를 넘나들어 정서적으로 상상력의 확장을 꾀한다. 그리하여 그 말은 전체의 틀 속에서는 연결이 가능하나 그 자체 내에서는 전혀 연관이 없는 단어일 수 있다. 이를 야콥슨은 '시의 기능'이라고 했다. 배열을 위해서 낱말을 선택할 때 오류를 일으켜 엉뚱한 말을 넣을 경우 말은 통하지 않는다. 그런 말들을 선택 배열하면 엉뚱한 말들이 이어진다. 한 아이가 '문이 투덜거려요' 하는데, 다른 아이가 '개가 투덜거려요' 하니까, 또 다른 아이가 '바람이 투덜거려요'로 나아간다면 이는 일반적으로는 소통되지 않는 시적 배열이라고 할 수 있다. 문의 투덜거림에서 개가 투덜거림으로, 그리고 다시 바람의 투덜거림으로 발전해가고 있다. 하지만 시에서는 보다 풍성한 묶음이 된다. 이는 정서나 의미의 확장을 위한 말의 새로운 치환에서 비롯한다.

■ 다음에서 하나의 모티프가 어떻게 의미의 확장을 꾀하고 있는지 보자.

① 침묵에는 거울 냄새가 난다. 거울 속 얼음 공주의 목소리가 들린다. 그 나라에서 추방된 자처럼 시선은 날리고 빈 눈동자 속에는 계절이 없다.

② 어머니의 울음이 툭, 툭, 밤을 노크한다. 동물원에서 보았던 그 사슴의

눈이 내 가슴을 두드렸던 것처럼, 나뭇가지가 햇빛 방울로 멍울진다

위 ① 시에서 침묵은 거울처럼 적막의 냄새가 난다고 했다. 그 적막은 얼음 공주로 발전해가고, 다시 추방된 자의 고독한 모습으로 발전해간다. 그런데 침묵과 거울 속 적막의 냄새, 얼음 공주, 추방된 자, 빈 눈동자는 유사한 말들이다. 그 말들은 하나의 의미를 향해 달리고 있다. 이와 같이 유추는 하나의 이미지를 발전시켜 새로운 이미지를 창출하는 방법이다. 뜻이나 정서가 서로 통할 수 있는 말들이 이어지게 만드는 게 은유이다. 그때 말들은 정서적 의미를 중심으로 구심력을 갖는다. ② 시에서는 울음이 밤을 노크한 데서 사슴의 눈으로 발전해가고, 다시 햇빛 방울로 나아간다. "노크한다"는 동일한 정서를 중심으로 "울음"이 되고 다시 "사슴"으로, 그리고 "햇빛 방울"로 치환된다. 이렇게 해놓음으로써 은유는 시적으로 풍성한 정서를 유발한다. 이는 감미로운 서정시나 노래에서 많이 나타난다.

■ 다음 시에서 은유가 어떻게 확장적으로 말을 배치하고 있는가를 보자.

입술을 열어

저렇듯

간절한

농아의 한 마디

비밀을 머금은

돌의 고요

심장의 웅얼거림

어렴풋이

두 손으로 받을 수만 있다면

이번 생은

무릎 꿇겠습니다

— 고미경, 「꽃」

위 시는 꽃이 주는 정서적 동일성을 중심으로 "농아의 한 마디", "돌
의 고요", "두 손", "생"을 선택, 배열하고 있다. 그 말들은 꽃이 주는
정서를 중심으로 치환된다. 그와 함께 정서는 고조된다. 그리고 결국
에는 "무릎 꿇겠습니다"라는 최고조의 말로 마무리한다. 이처럼 은유
는 의미의 확장을 점층적으로 배열하여 끝에서는 정점에 이르게 해야
한다.

연습 4 꽃이 말하는 소리를 은유적으로, 하나의 말을 정서적으로 고조시켜 발전적으로 배열해보시오.

연습 5 가로등이 걸어가는 소리를 들어보고, 그 소리를 점층적으로 발전시켜 보시오.

연습 6 각 방의 시계를 통해서, 혹은 한 사람의 시간으로, 시간의 콜라주를 작성해보시오.

연습 7 하나의 울음을 은유적으로 발전시켜 이어보시오. 먼저 하나의 이미지나 모티프에서 시작해 상상력을 고조시킬 수 있는 또 다른 말을 찾으시오.

과제 9 다음의 재료 중 하나를 선택해 시의 모티프로 시작하되 점점 의미가
고양되게 써보시오.

(1) 전화기에서 불쑥,

(2) 구름을 베끼다

(3) 오월에 어느 시인이 죽었다

(4) 알람이 갓난아이처럼 보챈다

(5) 가슴으로 기차가 지나간다

(6) 머릿속에서 물이 떨어진다

(7) 목소리가 베란다 화분에서 자라네

(8) 빈 깡통에게 말 걸기

(9) 구름이 부풀다

(10) 동생 머리가 찬장에서 눈을 깜박이네

(11) 더부룩하다

(12) 종소리에는 기도가 가득하다

(13) 1회용 아침

(14) 마주보고 닫힌 문처럼

(15) 책 속의 주인공처럼

(16) 찡긋,

(17) 피의 속삭임

(18) 먼 데서 날아오는 새

(19) 리어카에 가득한 아침

(20) 철조망 위에 꽃이 핀다

무의식의 탈문법

기호학이 발달하면서, 시에서 기호가 중요하게 여겨지기 시작했다. 기호학에서는 시인의 자아나 시적 대상인 현실을 아예 제외시켜버리고 텍스트로서의 시의 언어만을 중시한다. 기호학자는 언어에서 임의적인 요소인 뜻을 어딘가에 존재하리라고 환기시킨다. 따라서 기호는 언제든지 자리바꿈한다. 말에서 기호의 의미는 경우에 따라 수없이 바뀐다. 말의 뜻이란 시대와 장소, 독자에 따라 얼마든지 바뀌기 때문이다. 예를 들면 '동무'라는 말이나 '인민'이라는 말은 해방 전에는 누구나 쓰던 말이었다. 그런데 남북이 나눠지면서, 북한에서는 쓰는데 남한에서는 위험한 말처럼 되어버렸다. 또한 표기도 마찬가지이다. '아버지'라는 말은 영어로는 'father'이다. 그리고 중국어로는 '父親'이다. 기호는 나라마다 그 표기를 달리한다. 의미와는 달리 표기는 하나의 약속이기 때문에 얼마든지 달라질 수 있다. 그리고 모든 말은 의미가 나라마다 약간의 편차를 갖는다. 말에서 의미는 끊임없이 변하고 달라질 수 있다.

그래서 피카소는 옛날의 기호를 다시 취해 새로운 뜻을 부여하기도 했다. 그는 하나의 얼굴에 다양한 코와 입, 눈을 모아놓았다. 그 얼굴은 여러 다른 얼굴의 조각, 혹은 부분들에서 가져온 수많은 얼굴, 혹은 얼굴이 지닌 성격의 조합이다. 하나의 기호는 사회, 사건, 해석을 통해 기의가 된다. 특히 시는 그 시를 읽는 사람에 따라 얼마든지 해석이 달라질 수 있다. 그래서 기호학자들은 해석이 중요한 게 아니라 그 기호, 곧 기표가 중요하다고 본다. 기호는 의미가 아니며, 사실성을 배제한 상징이다. 그래서 기호학에서는 기호들만 존재하는 기호 생성이나 기표들의 결합 양상을 중시한다. 기호는 재질, 색깔, 모양, 어휘이며, 뜻은 시대, 장소, 사람에 따라 다른데, 발신자와 수신자의 관계에 따라 형성된다. 따라서 기호학에서 시란 시인의 영혼을 드러내는 작품이 아니라 기호 연쇄의 텍스트일 뿐이다.

의미의 전달에서 자유로워지면 시는 문법과 말의 선택이 꽤 자유로워진다. 이는 무의식에서 떠오른 인접성, 곧 배열과 관련이 있다. 인접성은 프로이트에 의하면 꿈의 전치로 나타나는 현상이다. 무의식이 현실로 올라오면서 왜곡되는 하나의 현상으로서 전치가 있다. 프로이트는 꿈 설계의 일종으로 전이를 든다. 그에 의하면 꿈의 설계에는 압축, 전이, 재현이 있다. 이들은 우리의 부도덕한 욕망을 의식계의 검열을 통과할 수 있도록 위장한 꿈의 심리적 기제이다. 그중에서 전이는 일종이 환유로 그 부도덕한 욕망을 하찮은 사물이나 소새로 바꿔 표현하는 꿈의 설계 방식이다. 어머니와의 성적 욕망을 젓가락이나 우물

긷기, 코 풀기 등으로 바꿔 표현하는 방식이 전이, 곧 환유이다. 이는 기호의 자리바꿈과 유사하다.

야콥슨에 의하면 환유는 인접성에 의한 언어의 전개 방식이다. 그에 의하면 환유는 문법. 즉 말의 배열에 기초를 둔다. 은유가 말의 선택에 있어 의미, 즉 정서를 중심으로 하는 구심력이 작용한다면, 환유는 중심에서 벗어나려는 원심력이 작용하여 문법을 해체하고 의미를 확장하는 말의 배열과 관련이 있다.

따라서 환유는 탈구조주의나 해체주의에서 많이 응용되는 기법이다. 문장의 배열을 어기어 오독하게 만들며, 정상적인 어법을 비틀어 버리는 것들은 모두 환유의 확장이며, 언어적 장치이다. 야콥슨에 의하면 실어증에 의한 배열의 잘못, 인접 낱말의 오류가 나타나 환유의 오류를 가져오지만 시인의 경우 상상력에 의한 배열의 확장을 꾀하는 것이라고 하여 예외적으로 인정한다.

바르트에 의하면 텍스트는 다차원적인 공간으로서 그 어느 것도 원작이라 할 수 없는 다양한 텍스트들이 서로 뒤섞이고 부딪히는 곳이다. 화자(시인)와 청자(독자) 사이의 비결정성의 열린 담론, 기표와 기의의 단절은 언어의 불명료함을 나타낸다. 라캉에 의하면 주체가 대상을 욕망하나 대상을 얻어도 욕망은 채워지지 않는다. 대체 가능하리라 믿는 게 은유이고 충족하지 못하고 그 다음 대상으로 자리바꿈하는 게 전치, 곧 환유이다. 무작위적 통합이기 때문이다. 기표에 대한 기의는 한없이 미끄러져, 기표와 기의는 다차원적인 관계에 놓인다. 따라서 시의 언어에는 기표만 존재한다. 말은 연결 구조 속에서 끊임없이 다른 말로 자리바꿈한다. 기표가 대상을 완전히 구현해내지 못하기 때문에 의미는 결핍만을 드러낸다. 기표가 저항선을 넘지 못하여 결핍을 채우기 위해 의미작용은 대상 대신 욕망을 들어앉힌다. "기호는 사물을 살해한다"라는 라캉의 말은, '기호는 사물을 표상하지 않는다'라는 의미이다. 기표가 표상하는 것은 기의가 아니라 주체의 욕망이다. 따라서 하나의 기호는 다른 모든 기호들을 위해 존재하는 기호 연쇄를 부른다.

그러므로 주체는 기호들 사이에서 분열된다. 결국 시인은 기호의 끊임없는 연쇄로 욕망만 남는다. 하나의 말을 선택했는데, 그 말은 주체의 마음에 꽉 차지 않는다. 그러므로 새로운 말을 찾는다. 그렇지만 그 말 또한 정확하게 주체의 욕망을 드러내지 못한다. 그래서 시적 주체는 끊임없이 새로운 말을 찾는다.

환유로 시를 쓰기 위해서는 하나의 말에서 또 다른 말들을 불러내는 말들의 연쇄가 어떻게 새로운 말들로 발전해갈 수 있는가를 알아야 한다. 즉 말들의 연쇄를 통해서 말이나 이미지의 새로운 영역으로 나아가는 것이 환유로 시 쓰기이다. 가끔 말의 비문법, 즉 어긋난 배열을 어떻게 할 것인가를 중심으로 시를 쓰는 방법도 환유에서 비롯한다.

바다가 온다는 기억을 감춘 저녁으로
머릿속에서 빼밋이 내다보는 손가락
소금기에 목소리가 남아
물고기에는 줄거리가 비릿하다

제3장 언어의 배열

위 시는 너무 비문이 많다. 기억을 감추는 건 무엇이며, 그 저녁은 또 어떤 상황을 말하며, 손가락이 머릿속을 어떻게 빼밀이 내다볼 수 있는가. 기호의 배열이 뒤죽박죽이어서 시 읽기가 쉽지 않다. 거의 실어증에 걸린 듯한 문장 배열이라고 해도 과언이 아니다. "소금기에 목소리가 남아"라는 문장은 문법적으로 바로잡는다면 아마도 "목소리에 소금기가 남아"일 것이다. 그리고 "물고기에는 줄거리가 비릿하다"는 "줄거리에는 물고기의 냄새가 비릿하다"이리라. 왜곡된 문장의 배열은 카오스적인 증상, 즉 무의식의 증상을 표현하고 있다. 따라서 문장은 문법적으로 배열되지 못하고 있다. 처음 제시한 모티프로서의 기호는 무의식 속에서 주체의 욕망을 나타낸다. 그 욕망, 혹은 기호는 확정되지 못하고 또 다른 기호를 무의식적으로 끌고 온다. 여기에 혼돈이 따른다. 이와 같은 식으로 정확한 의미를 확정할 수 없는 말들의 나열, 혹은 배열이 곧 환유이다. 그런데 이러한 환유는 시에서 인접성의 난맥상을 드러내면서 그 진폭이 아주 커진다. 주체의 욕망이 병적일 경우 실어증에 가까워져, 인접성이 왜곡되고 자의적이어서 말들 사이의 의미는 모호해진다. 이러한 배열은 혼돈의 시대에 많이 나타나는데, 혼돈에 또 다른 혼돈에 넣어 그 혼돈을 충격을 주기 위한 대증요법이라고 할 수 있다.

■ 다음의 시들에서 말들이 무의식적으로 어떻게 배열되는가를 살펴보자.

① 까마귀,
　그의 말 속에 사는 오래된 기억
　젊었을 때는 구두를 팔았죠
　입을 잃어버리고 귀도 대롱거렸죠

② 내 방의 외계, 인으로 붉은 어머, 니처럼 아버, 지를 죽인 목소리가 소
　담한, 기억의 구름으로 머리를 감은, 책갈피의 피 냄새로 얼룩진

③ 죽은 우물을 건져냈다

　우물을 뒤집어 살을 바르는 동안 부식되지 않은 갈까마귀 떼가 땅으로
　내려왔다.

　두레박으로 소문을 나눠 마신 자들이 전염병에 걸린
　거목의 마을

　레드우드 꼭대기로 안개가 핀다. 안개는 흰개미가 밤새 그린 지하의
　지도

　　　　　　　　　　　　　　　　　　　　— 최은묵, 「키워드」 부분

위 시 ①에서 까마귀나 기억, 구두, 입이나 귀도 얼마든지 그 순서를 바꿔도 된다. 그것은 기호의 욕망에는 순서가 없기 때문이다. 따라서 1행과 2행, 그리고 3행이 서로 아무 관련 없이 나열식으로 짜여 있는 듯이 보인다. 시의 주체는 위장을 위해 말들을 흩트러버린다. 환유의 시에는 그 각각의 연결고리를 없애고 무작위적인 말의 나열, 다시

말해서 무의식에서 나오는 말들의 연쇄만 있다. 거기에는 배열이 뒤죽박죽이어서 오직 시인과 독자 각각의 채워지지 않는 욕망만 있을 뿐이다. 그리고 ②의 시에서 어머나나 아버지, 혹은 목소리는 기호일 뿐이지 우리가 실제로 만지고 듣는 어머니, 아버지, 목소리가 아니다. 그리고 그것들은 병렬적으로 배열되어 앞뒤의 연결고리를 끊고 있다. 무작위적인 사소한 말들의 나열을 통해서 시적 자아는 자신의 의도를 무의미한 것으로 떨어뜨린다. 이는 마치 말더듬이가 정확한 말을 발음하지 못해 끊임없이 새로 고쳐서 말하지만 결국 정확한 말을 발음할 수 없는 것과 같다. ③의 시는 문법이 파괴되었다. 우물에서 죽은 시체를 건져냈다는 것을 "죽은 우물을 건져냈다"로 써서, 말의 중간 부분을 삭제하여 정상적 배열을 파괴하고 있다. 또한 소문을 나눠 마신 자들이 전염병에 걸렸다고 했다. 말이 안 된다. 그것은 아마도 우물가에서 '소문을 퍼뜨렸다'가 되어야 할 것이다. 이렇게 환유는 문장의 배열을 비정상적으로 만들어버린다.

　이러한 환유의 시는 불안과 희망 없음, 초조를 드러내는 비정상적인 정서의 시에서 많이 드러난다. 21세기 희망 없는 시대의 시적 현상이라고 할 수 있다.

연습 8 자신이 조사한 말들이나 이미지들을 무작위로 연결하되 말이나 문장들이 서로 충돌하게 하여 아무 뜻 없게 써보시오. '연(鳶)'이라는 소재로 자신의 불안한 감정이나 자폐적인 마음을 연쇄해보시오. 주로 문장의 비문법적 배열을 중요시하시오.

연습 9 하나의 주제로 말더듬이의 시를 써보시오.

시는 도둑의 특질을 가장 심오하게 의식하는 곳에서 나온다. 즉 당신들이 시라고 지칭할 정도로 근본적으로 변하여 전혀 다른 특질로 인식되는 것이 바로 시이다.

— 장 주네, 「도둑일기」

제3장 언어의 배열

과제 10 다음의 자료를 병렬하거나 충돌되게 배열하여 환유로 써보시오.

(1) 어둠 몇 봉지

(2) 바다 한 폭을 화분에 심다

(3) 눈빛이 얼굴을 핥다

(4) 으쓱, 비척거리다

(5) 귀머거리 개

(6) 어치가 창문을 읽다

(7) 목매달기 좋은 날이다

(8) 밥 먹다가 젓가락 한 짝이 부러졌어요

(9) 오늘밤 바퀴벌레를 안고 잘 당번은 누구지

(10) 횡단보도가 너를 건넌다

(11) 화장실이 간이하다

(12) 테이크아웃

(13) 헤이, 카카오, 몇 번째 정류장에서 오렌지가 내리지

(14) 집이 레고를 만들다

(15) 와인 잔은 오빠 눈이다

(16) 졸음 위에 까마귀가 앉아 있다

(17) '제기랄'이 눈을 부라리다

(18) 옛날 영화 속으로 숨다

(19) 파도가 등대가 된다

(20) 안개는 스웨터, 한없이 포근한

제4장

사물에게 말 걸기

너는 말없이, 은밀하게 온다.
와서는 분노와 행복을 일깨우고
이 무서운 고뇌를 불러일으킨다.
만지는 대로 불을 붙이고
사물마다 어두운 목마름을 심는다.

— 옥타비오 파스, 「시」

1
반휴머니즘

　시인은 자연이나 사물의 소리를 들어야 하며, 자연이나 사물로 하여
금 스스로 말하게 해야 한다. 버지니아 울프는 자연과 사물이 말을 할
때까지 기다렸다고 한다. 그것은 시인이 사물의 말을 들을 수 있을 때
까지 기다렸다는 뜻이다. 시인은 관념이 말을 걸어오는 소리를 들어
보고 누군가의 그림 속을 거닐어보는, 경계를 넘는 자이다. 우리는 대
개 인간 중심적으로 상상하기 쉽다. 하지만 거꾸로 자연이나 사물이
인간과 똑같이 상상하고 행동할 수 있다는 것을 이해해야 한다. 사물
이 타자가 되어 인간의 세계를 끊임없이 침범하고, 인간 또한 그 사물
이 타자임을 인식할 때 시적 상상력은 풍성해지고 언어는 자유로워진
다. 꽃은 나를 간섭하고 나는 꽃의 이름 위에 올라선다.

　"내 심장에게 물어봐!" 할 수도 있고, "밤새 촛불은 방문이 열리기만
을 기다리고 있다가 도저히 열릴 것 같지 않은 문을 바라보며 무언가
그리운 듯 훌쩍이고 있다"라고 할 수도 있다. 이와 같이 오늘날은 자

연이나 사물의 타자화를 통해서 인간 중심적인 의식을 허무는 시대이다.

　인간 중심적인 시는 고리타분한 감상에서 벗어날 수 없다. 인간만이 주체가 되는 것은 아니기 때문이다. 인간만이 주체인 시대는 지났다. 사물이나 자연도 얼마든지 상상의 주체가 될 수 있다. 오히려 오늘날의 시인은 사물이나 자연의 감정을 알아보고, 그것들의 행동을 보며, 그것들이 나를 간섭하는 눈빛을 읽을 줄 알아야 한다. 시인은 삿대질하는 나뭇가지나, 왜 그래? 하며 빤히 쳐다보는 거울을 보아야 하고, 내가 잠이 든 줄 알고 자기들끼리 속삭이는 가구들의 말을 들어야 한다. 이와 같은 사물의 타자화는 노장사상이나 그리스의 철학이나 현상학적 상상력, 유물론적 상상력에서도 있어 왔다. 이제 우리의 의식은 세계를 지배하지 못한다. 우리는 자연과 대등한 타자 관계에 있다.

　시는 시적 주체의 정서를 표현한다. 하지만 그 정서는 소아병적 자기중심주의가 아니라 존재의 감각적 표현이다. 존재는 에고(ego)의 '나'가 복잡한 관계 속의 '나'로 확장한다. 존재는 소통이다. 존재는 다른 존재 속에서 머무르며 존재들끼리의 관계로 얽혀 있다. 그러므로 존재는 대화적이다. 눈을 열고 바라보면 나를 바라보는 또 다른 존재가 눈을 뜨고 있다. 저만치 떨어져 몸을 가누지 못하고 있는 공중화장실이 "여봐, 나도 한때는 우리 주인이 늙어가는 걸 보며 밤새 창문을 기웃거린 적도 있다고"라고 하는 말이 들린다. 시는 하나의 존재가 다른 존재와 동일선상의 관계에서 형성된 대화이다. 따라서 시인은 사물이나 자연이 말하고 느끼고 생각하는 것을 듣고 보고 맛본다. 주체가 오감을 활성화시키면 그와 같이 모든 존재와의 소통이 이루어진다. 이는 휴머니즘과는 전혀 다른 인식이다.

문학계에서 반휴머니즘의 흐름은 제1차 세계대전이 끝난 후 유럽 지성계의 각성으로 인간 중심적 사고에 대한 회의에서 비롯한다. 인간 중심의 휴머니즘은 모든 것은 인간의 감성으로 판단하려는 주관주의이다. 이는 전쟁에 속수무책이었으며, 탐욕적인 자본주의에도 전혀 대안이 되지 못했다. 그렇다고 초현실주의도 극복의 대안이 아니었다. 초현실주의는 현실도피적이어서, 현실을 몽롱하고 애매모호하게 만들어버린다. 이에 서구 지성계에서는 새로운 패러다임이 필요했다. 이는 주로 시와 비평에서 나타난다. 시에서는 주지적인 흐름을 따라 시인의 감성보다 객관적 지성을 중시했다. 시인은 시어 문제의 천착에 초점을 둔다. 시란 시인의 주관적 감상이 아니라 언어의 구조물이라는 인식이 그것이다.

시는 언어의 구조물이다. 그 말은 곧 최선의 언어를 선택하는 것이 시의 문제라는 뜻이다. 오늘날의 시는 주체의 감정을 최대한 줄여 객관적 언어로 되어 있다. 그만큼 시는 언어에 대한 사색적 천착이 필요하다. 여러 가지 경험이나 사색을 한데 아우를 수 있는 최선의 언어를 찾아내려는 노력이 곧 오늘날 시의 관건이다. 즉, 언어를 통한 생각의 두께가 얼마나 두꺼운가가 오늘날의 시에서 중요하게 되었다. 더 나아가 오늘날의 시인은 언어의 죽음까지도 생각한다. 어떤 말을 선택했다면 그 말은 시 속에서 죽어야 새로운 생명이 태어난다. 그것은 '한 알의 밀알이 땅에 떨어져 썩어 없어져야 생명이 태어난다'는 인식과 같다. 따라서 현대시에서는 여러 체험을 아우를 수 있는 상상력의 극대화를 통한 총합의 언어를 추구해야 한다. 이러한 흐름을 통해서 공감각의 시와 사물시, 혹은 지성적인 시가 발달하게 된다. 프랑시스 퐁주 같은 경우, 하나의 사물을 놓고, 그 사물이 자신에게 얘기를 걸어 올 때까지 기다려 사물의 객관적 정서를 표현하려고 했다. 이러한 시의 경향은 인간 중심의, 주관주의적 감성의 시를 거부하고 사물이나 사물의 관념을 표현하여 사물을 타자로 삼는 시적 언어를 발달시켰다.

그러면 다음에서 주관주의적 휴머니즘이 사라지는 과정, 혹은 사물시가 나타나는 과정을 간략히 살펴보기로 하겠다.

T.E. 흄의 불연속적 세계관

흄에 의하면, 실재의 세계에는 윤리적·종교적 세계와 심리적·생물학적 세계, 수학적·과학적 사물의 세계가 있는데, 그중 인간은 두 번째에 속하는 심리적·생물학적 세계에 속한다. 인간은 종교적 세계나 사물의 세계라는 절대적 세계를 자신의 감각으로는 파악 불가능하다. 따라서 그 두 세계는 인간의 감각으로는 오해를 초래할 수 있다. 특히 종교적 세계에 속하는 신은 이해 불가능하다. 그러므로 인간의 정서로 파악이 불가능한 세계를 자신의 감각으로 파악하려고 하지 말고 명징한 언어로 사물의 세계를 표현해야 한다는 게 흄의 생각이다. 즉 인간은 유한한 존재로서 사물의 세계를 알지 못하므로 사물을 있는 그대로 표현하려는 언어적 성찰이 필요하다. 각각의 세계는 불연속적이므로 시인에게는 최선의 언어를 통해서 사물의 영역에 속하는 세계를 표현하려는 노력이 필요하다. 다시 말하면 시인은 나의 감성으로만 시를 쓰려고 하지 말고 쓰고 싶은 대상을 냉정하게 객관적으로 표현할 수 있는 최선의 언어를 찾아야 한다. 그래서 그는 '달'을 보다 명징하게 드러나게 하기 위해서 '아이들이 갖고 놀다 버린 풍선'이라고 표현한다. 이는 달을 구체적인 영상으로 바꿔 형상화한 표현이다. 이는 선명한 풍경을 그리기 위해서 만든 이미지이다. 즉 감각적 형상의 언어만이 곧 우리의 의식에 선명하게 각인된다는 것이다. 이에 회화적 언어가 나타나게 된다.

3
에즈라 파운드의 로고포에이아

파운드는 쓸데없는 장식적 표현이나 개입을 거부하고 시각적 이미지를 통해서 지적, 정서적 복합체의 언어를 구현하는 시를 써야 한다고 본다. 그러므로 시가 "어휘의 무리 속에서의 지성의 무도"를 보여줘야 한다고 그는 주장한다. 그가 주장하는 사물시는 소용돌이 이론에서 비롯한다. 소용돌이 이론은 모든 긍정적인 것들의 혼돈을 포용하는 이미지를 통해서 복합적인 표현을 얻어내려는 힘에서 비롯한 것. 그것이 곧 사물시이자 지적인 시이다.

따라서 선명한 이미지에 대해서 파운드는 다음과 같은 것들이 있어야 한다고 주장한다.

- 시각적 상상력으로 쓴다.
- 감정의 상관물로 표현한다.
- 연상 자극을 통해서 표현한다.

4
T.S. 엘리엇의 탈개성주의

　엘리엇은, 시란 정서의 방출이 아니라 정서로부터의 도피라고 하면서, 시를 개성의 표현이 아닌 개성으로부터의 도피라고 주장한다. 다시 말하면 시의 언어는 개인적 감상에서 나온 표현이 아니라 비개성적 사실에서 비롯해야 하며 역사적인 객관성을 지녀야 한다는 것이다. 그러기 위해서 시인은 객관적 상관물, 곧 매개체를 통해서 자신의 감성을 객관적으로 표현해야 한다. 즉, 시인은 자신을 드러내지 않고 가장 역사적이며 전통적으로 가치 있는 표현을 찾아 시 자체가 복합적인 생명체가 되도록 해야 한다. 시는 주관적 관념을 또 다른 관념이나 사물로 바꿔서 표현해야 한다. 「전통과 개인의 재능」이라는 평론을 통해서 그는, 개인의 재능은 역사적 전통의 전거를 통해서 표현되어야 한다고 주장한다. 그것은 개성 도피이다.

I.A. 리처즈의 포합(抱合) 원리

리처즈는 정서의 포괄과 공감각을 중시하여, 시란 다양한 정서와 감성을 포괄하는 공감각과 균형의 조화를 이루는 언어를 써야 한다고 주장한다. 다시 말해서 이질적인 체험들이나 이질적인 충동을 균형과 조화로 한데 묶을 수 있는 표현을 얻어야 좋은 시라고 그는 주장한다. 그러기 위해서는 여러 체험이나 지식, 혹은 이미지들을 한데 버무려 새로운 이미지를 창출해야만 새롭고 좋은 시의 언어가 탄생한다고 그는 보았다.

6

메를로-퐁티의 현상학적 감각론

메를로-퐁티는 보는 것의 나르시시즘이라는 말을 썼다. 그에 의하면 본다는 것은 봄(seeing)을 통해서 사물과 자아가 하나가 되는 현상이다. 사물은 우리가 그것을 봄으로써 우리를 보고 있는 것이다. 즉 봄은 양가적이다. 이를 두고 들뢰즈는 「감각의 논리」에서 모든 사물이나 자연에는 본다는 것에 대한 욕망이 있다고 한다. 사물은 나를 보고 싶어 하는 욕망을 갖고 있다. 그 욕망은 내가 그 사물을 봄으로 해서 이루어진다. 다시 말해서 공감각의 언어가 곧 유물론적 감각이라고 할 수 있다.

1940년대 혜성처럼 나타난 프랑시스 퐁주는 사르트르가 언급한 것처럼 주체 소멸의 현상학적 시를 쓰고자 했다. 그는 시를 쓸 때 자아의 주체를 배제하고 사물 자체의 목소리를 들으려고 했다. 사물도 인간과 같은 존재, 타자이다. 그에 의하면 시인이 사물을 며칠이고 찬찬히 들여다보고 있으면 그 사물이 말을 걸어오고 제 본모습을 보여준다고 한다. 그래서 시를 쓰는 시인은 사물을 타자로 인식하고 다가가 사물로부터 들려오는 말을 들으려고 해야 한다고 그는 주장한다.

7
라캉의 욕망 이론

라캉은 욕망을 환유의 구조로 이해한다. 욕망이 대상을 갈구하지만 대상은 끊임없이 뒤로 물러나 주체는 욕망을 충족하지 못한다. 눈에 보이는 것이 실재라고 믿고 다가가는 것이 상상계이고, 대상을 규정할 수 있다고 믿는 게 상징계이며, 대상을 알 수 없다고 생각하는 게 실재계이다. 따라서 라캉의 실재계에서는 욕망은 해결되지 못하고 욕망 그대로 남아 있다. 따라서 주체는 끊임없이 새로운 대상을 찾는다. 라캉은 이런 욕망을 환유로 이해하여 주체의 결핍과 욕망하는 대상의 불확정성을 중시한다. 즉, 결핍된 주체가 끊임없이 대상을 욕망하지만 그 대상은 자리바꿈을 한다. 이를 그는 $\$ \lozenge a$라는 공식으로 만들었다. S는 주체인데 정상적인 주체가 아니므로 S에 빗금이 있다. a는 대상이다. 라캉의 이론은 구조주의 언어학을 발전시키고 있지만, 환유를 중요하게 끌어들였다는 점에서 현대 시에 많은 영향을 주었다. 더욱이 환유는 욕망 x와 관련을 맺으면서 결코 채워지지 않는다는 것을 보여주는 언어적 현상이다. 따라서 이를 시 창작에 적용하면 시는 시의 주체가 대상에 대한 말을 끊임없이 바꿔나가는 형태가 된다. 이때 언어는 욕망의 미끄러짐으로 나열된다.

이제 사물은 우리에게 타자이다. 내가 나무를 바라보는 게 아니라 나무가 나를 바라본다. 혹은 '나'는 언어 속에서 나무와 대등한 관계로 존재한다. 시인이 자신의 감상을 줄이기 위해서는 무엇보다도 언어에 대한 탐구가 필요하다. 언어는 절대적으로 객관적이다. 시인은 그 객관적인 매개체에 대한 탐구를 통해서 자신의 감성이나 주관적인 감각을 객관화해야 한다. 그 매개체가 곧 언어이다. 그러므로 시인은 언어에 대한 탐구 없이 시를 쓸 수 없다. 다음에서 실비 제르맹이 「마그누스」에서 언급한 말을 참고해 볼 일이다.

글을 쓴다는 것은 프롬프터 박스로 내려가, 단어들 사이 혹은 주위에서, 때로는 단어들 한복판에서, 언어가 침묵하여 숨 쉬는 소리에 귀 기울이는 법을 배우는 것이다.

여기에서 '글'을 시로 바꾸면 그대로 시에 적용할 수 있다. 시인은 언어들의 침묵을 깨우고, 그 언어들이 말하는 소리를 들어야 한다. 모든 사물에는 그 나름의 언어가 있고, 그 말하는 법이 있다. 시인은 냉정한 자세로 사물들의 말을 들을 줄 알아야 한다.

■ 다음 시들을 통해서 사물과 주체와의 대화적 관계를 살펴보자.

① 모든 직속들 가운데는 第一番 직속이 心腹이 반드시 있기 마련이다 모
든 사물들의 큰언니가 반드시 있다 작은언니들도 충실하게 따라 웃는
다 부처님의 직속, 건달들이 대로변에서 공즉시색 색즉시공 열심히 탁
발하고 있다 큰 느티의 직속, 매일 아침마다 첫 번째 햇살로만 쟁이고
쟁여 터트린 이파리들, 초록 金剛들로 큰 그늘을 드리우신다 공기의
직속, 바늘구멍까지 파고들어 고이고 고이는 들숨 날숨의 숨결들이 고
랑을 내고 있다 저녁노을의 직속은 돌아오는 되새떼들의 방향을 한바
탕 그려내는 속도의 색채를 펼친다 패랭이의 직속, 눈이 오는 초겨울
까지 홑겹의 꽃잎만으로도 오지 않는 사람의 길목을 지키는 사랑의 곁
간을 지니고 있다 나의 직속, 바람들의 근간엔 마른 풀들 전신으로 궁
구는 벌판에서 거듭 고꾸라지고 있다 이럴 때마다 나는 直前을 예감한
다 무엇이 다가서고 있는가 사물들의 큰언니, 작은언니들아, 꽃피는
實體들아

— 정진규, 「사물들의 큰언니」

② 밤의 숲길을 걸으면 나무들은 웅성거리던 소리를 갑자기 멈추어 버린
다. 숲에 가면, 떡갈나무들은 벗나무들과, 벗나무는 철쭉들과, 매운 허
공에서 뿌리는 말들이 잎으로 펄럭이는 숲에 가면, 왁자하게, 고소하
게, 올올하게 서로 무채색으로 부딪는 숲에 가면

웅덩이 물은 잔뜩 웅크린 채 무언가를 골똘히 생각하고 있다. 날마다
하늘이 담기는 것도 귀찮은 듯 구겨진 얼굴이다. 그때 그 아이를 기다
리느라, 무늬 진 동그라미로 출렁인다. 그날처럼 출렁이고 싶어 하늘
바라기를 한다.

③ 고향을 잃어버린 빗방울이 창문을 두드린다. 오래 묵은 침묵이 바스락
댄다.
한 점의 새가 유리창에 어룽거린다.
손가락들이 써놓은 구름 글씨 속으로 여름이 잔뜩 찡그린 이야기를 한
다.
기침 소리도 내지 않는 묵은 편지 한 장
너의 얼굴에서 솟아나는
묵은 하늘

위 시 ①에서 사물들은 그 자체로 금강이고, 자신의 족보를 가지고
있으며, 관계를 형성한다. 큰언니 사물과 직속 작은언니 사물들이 거
대한 금강으로 연결되어 있는 인드라망이 형성된다. 사물이 타자로서
주체와의 대화적 관계 속에서 하나의 패밀리를 형성한다. 여기에서
시적 자아란 받아쓰기하는 존재일 뿐 큰 의미를 갖지 않는다. ②에서
는 자연이 주체와 대등한 관계로 그 자체 감성을 갖는다. 따라서 주체
는 자연의 일원으로 귀속되어 있다. ③의 시에서는 빗방울이 주체가
된다. 빗방울은 스스로의 감성으로 존재감을 드러낸다. 여기에서 빗
방울은 시인이 바라본 대상이 아니라 존재 그 자체이다.

연습 1 다음 제시된 지시를 구체적으로 표현하되 사물의 주체적인 삶이 느껴지도록 하시오. 3행 이상 쓰시오.

(1) 손이 나에게 말하는 얘기를 들어보시오.

(2) 어제에서 오는 소리를 적으시오.

(3) 여러 지방에서 온 바람의 사투리들을 해석해보시오.

(4) 하늘을 떠도는 물고기가 어떻게 헤엄치는지를 적어보시오.

(5) 스마트폰이 악몽을 꾸었다는데 어떤 악몽인지 적으시오.

(6) 과거에서 온 사람의 얼굴은?

(7) 책 속에서 나온 사람에게 뭐라고 말해주고 싶은가?

(8) 가을 풍경 속에서 발견한 말을 적어보시오.

(9) 그의 눈빛 너머에는 무엇이 있을까?

(10) 어머니의 추억을 밟고 가면 어디에 이를 수 있을까?

(11) 강이 날아오르는 모습을 그려보시오. 그리고 그 소리도.

(12) 사물의 목소리를 자동 기술에 따라 떠오르는 대로 시를 써보시
오.

연습 2 다음 단어들 앞이나 뒤에 수식어나 서술어를 붙여 시적 이미
지를 만든 다음 이들을 재료 삼아 시 한 편을 써보시오.

(1) 뻔뻔스런 하늘

(2) (　　　　　　　) 나무

(3) 자전거는 (　　　　　　)

(4) 우울이 나를 빤히 쳐다본다.

(5) (　　　　　) 달

(6) 밤 (　　　　　　)

(7) (　　　　　) 고독

(8) (　　　　　) 십자가

(9) (　　　　　) 이름

(10) 절망이 (　　　　　　)

과제 11 다음 자료 중 일부만 이용하여 사물의 시선으로 시를 쓰시오.

(1) 책의 행간 속으로 질주하는 눈

(2) 버려진 소파의 어깨

(3) 맨홀에 빠진 계절

(4) 얼굴에서 우는 새

(5) 언덕을 떠돌아다니는 구름

(6) 눈빛은 관현악이다

(7) 혈관 속의 개구리

(8) 바람의 손가락

(9) 눈빛이 건물에 부딪쳐 챙그랑 소리를 낸다

(10) 바람이 더럽힌 봄

(11) 섬에는 나의 유년이 있다

(12) 과일 같은 눈동자

(13) 항문에서 코드를 뽑아

(14) 내 안으로 뻗은 수평선

(15) 옷이 투덜, 장롱이 머쓱

(16) 달의 목소리

(17) 빈 공중전화 부스에 갇혀

(18) 오늘을 지우다

(19) 문을 열면 다른 시간이 기다린다

(20) 알람에 목숨 걸고

제5장

침묵의 언어

언어는 단 한 가지만을 거부한다. 말하자면 그것은 침묵만큼이나 거의
소리를 내지 않는다.
부재조차도 조각난 누더기의 모습으로 자신을 드러낸다.

— 프랑시스 퐁주, 「시에 관한 노트」

1
말 없는 말

　말이란 논리적인 구조를 갖고 있다. 따라서 말에는 항상 규칙과 규범이 있다. 그 규칙을 통해서 대화가 형성되고 지식이 전달된다. 이 규칙은 주로 문장으로 구조화된다. 이는 앞에서 언급한 벤베니스트의 말처럼 낱말에서보다는 문장으로 나타난다. 낱말보다는 문장을 중심으로 엮어진 구조물이 산문이다. 산문은 전달이 목적이기 때문이다. 하지만 시는 기존의 문장 구조를 허물어 딱딱해진 현실 너머에 새로운 세계가 있음을 암시하거나 동경한다. 때로는 딱딱하게 굳은 세계를 깨부수어 텅 비워 버리려고도 한다. 그러기 위해서 시인은 언어의 새로운 영역을 개척해야 한다. 언어가 갖고 있는 견고한 문장 구조의 틀을 깨지 않고는 인식은 깨지지 않는다. 언어는 인간의 의식을 통해서 현실을 존재케 하는 견고한 매개이기 때문이다. 따라서 시인은 언어에 대한 틀을 깨뜨리려고 한다.

우선, 무엇보다도 문장의 규칙을 흩트려버려야 한다!

비트겐슈타인은, 언어는 논리적 구조물이며 철저히 규칙과 규범에 따른다고 본다. 이와 관련하여 그는 유명한 말을 남긴다. "말로 할 수 없는 것은 침묵하라!" 그런데 이 침묵이 곧 예술이라고 그는 여긴다. 예술은 침묵을 표현하는 양식이다. 침묵은 모든 말의 뿌리이며, 말의 고향이다. 침묵은 논리적 구조의 한계를 벗어버리고 극한의 자유를 지향하는 언어이다. 시의 언어는 이 침묵을 자신의 표현 수단으로 끌어들인다.

말은 발신자와 수신자 사이에 형성되는데, 이때 소통은 대단히 자의적이다. 이 자의적 소통으로 인해 모든 말은 번역, 혹은 통역되어야 하는지도 모른다. 발신자와 수신자 사이에서 뜻은 간극이 벌어지기 때문에 소통은 극히 제한적이다. 따라서 궁극적으로 진정한 언어는 말 없이 말하는 말이며, 들리는 것 없이 듣는 말이다. 이는 과녁이 없는 과녁을 화살 없는 활로 맞추는 것과 같다. 어떤 의미에 머무는 순간 그 언어는 치우치는 것이며, 발신자의 마음을 제대로 전달하는 매개체가 될 수 없다. 직관을 바로 드러내는 언어란 의미가 아니라 그냥 보이는 것이며 느끼는 말이다. 그래서 게리 스나이더는 좋은 시는 어떤 특별한 통찰력을 보여주지 않으며, 놀라운 아름다움도 보여주지 않는다, 라고 말했다. 그가 좋은 예로 든 시는 사이교(西行)의 시이다. 그 시에 대해서 그는 짧지만 명상적이어서 먼 길을 간다고 했다. 그에 의하면 뜻은 망념이다. 뜻은 발신자와 수신자 사이에 떠도는 공기 같은 것이다. 사이교는 "바라옵건대 벚꽃 흩날리는 봄날에 죽기를/부처님 열반

하신 2월 보름달 뜬 날에"라고 읊었다. 독자는 이 시가 죽음을 읊었다고 생각할 수 있지만, 이 시는 죽음을 표현하고 있지 않다. 이 시는 벚꽃과 보름달이 잘 어울려 그 아름다움을 눈에 선하게 보이게 한다. 발신자와 수신자 사이에 괴리가 나타난 것이다. 이는 문장의 규칙 때문이다. 그 규칙을 깨뜨리는 방법을 알면 새로운 의미가 발생할 것이며, 발신자와 수신자 사이의 깊은 침묵이 소용돌이를 일으킬 것이다.

말도 안 되는 말은 어떨까.

『금강경』에 이르기를, 보이는 것만을 믿어서는 안 되며, 그렇다고 보이지 않는 것을 믿어서도 안 된다고 했다. 이는 의미에 머물지 말라는 뜻이다. 이에 대해서 바르트의 『기호의 제국』에 나오는 말을 다음에서 인용해보기로 하자.

모든 선(禪)은 의미의 태반에 대한 전쟁이다. 불가에서는 '이것은 A이다―이것은 A가 아니다―이것은 A이며 동시에 A가 아니다―이것은 A가 아니며 동시에 A가 아닌 것도 아니다'라는 네 가지 명제에 유지될 수 있는 것은 절대로 없다는 점에 의거해서 모든 주장(또한 모든 부정)이 필연적으로 좌절될 수밖에 없다고 가르친다. 이 4종의 가능성은 구조주의 언어학의 완전한 패러다임에 대응한다.(A이다―A가 아니다―A가 아니며 A가 아닌 것도 아니다(0도)― A이며 동시에 A가 아니다(복합도)) 다시 말해서 불교의 목적은 의미를 차단하는 데 있다. (…) 언어가 멈추는 순간(수련을 많이 하면 다다르게 되는 순간)이 있는데, 메아리도 없는 이런 절단에 의해 선의 진리와 간결하고도 텅 빈 하이쿠의 형식이 동시에 완성된다. 선에서 '발전'을 부인하는 것은 근본적인데, 무겁고 충일하며 심오하고 신비한 침묵 앞에서 또는 신과의 교감에서나 열리게 될(선에는 신이 없다) 영혼의 고허함 앞에서 언어는 저절로 중단되기 때문이다. 이야기 도중이나 이야기가 끝난 후에라도 제시되는 것이 펼쳐져서는 안 된다. 제시되는 것은 불투명해서, 우리는 그것을 되씹어보는 수밖에 없다. (…) 무언어의 상태가 해탈이다.

침묵의 언어는 바람소리나 물소리와 같다. 의미의 0도이다. 0도의 언어는 모든 산문적 판단이나 의미를 거부한다. 의미가 제로이기 때문이다. 그 언어는 주체와 대상을 뛰어넘어 안과 밖이 없다. 공안이나 화두조차 팽개친 한마디에 바로 깨달음을 얻거나(言下便悟), 한 구절에 백억 법문을 뛰어 넘는(一句了然超百億) 언어는 노자나 선불교의 언어관에서 비롯한다. 선의 화두나 송고나 시는 의미를 무화시키는 말이다. 그 언어는 지식이나 감각, 인식을 뛰어넘어 우리를 깜짝 놀라게 하며, 삼켰지만 토할 수도 없는 달궈진 쇠공처럼 우리를 곤란하게 한다. 그 언어를 듣거나 말하거나 읽는 순간 멍해져서 우리는 가까이 가면 멀어지고, 알거나 알지 못하는 것에 속하지도 않고, 의심해야 하지만 의심할 수도 없게 된다. 선불교에서는 그것을 진공묘유(眞空妙有)라고 한다. 그 언어는 주체도 대상도 없는 데서 튀어나온다. 그래서 우리의 인식 범위를 뛰어넘어 저 홀로 존재가 된다. 이러한 언어가 거울 언어이다. 거울 언어는 아무 뜻이 없기도 하고 너무나 뜻이 많아 『장자(莊子)』의 붕새와도 같다. 붕새는 이 세상에 없는 새이지만 결코 없지 않은 존재이다. 그것이 곧 의미의 0도로서의 거울 언어이다.

이는 불법(佛法)의 대의는 무엇입니까 하고 물으니 여릉의 쌀값이 어떻던가 하고 되묻는 것과 같다. 의미의 없앰이다. 왜냐하면 크리슈나무르티의 말처럼 보는 자는 관찰당하는 자이기 때문이다. 다음 조오현의 시를 보자.

> 강물도 없는 강물 흘러가게 해놓고
> 강물도 없는 강물 범람하게 해놓고
> 강물도 없는 강물에 떠내려가는 뗏목 다리
>
> — 조오현, 「부처—무자화 6」

처음엔 강물은 현실 속의 강물인 것 같았는데 3행에 와서는 강물이 아니다. 강물이라는 의미에 갇히는 걸 거부하고 강물을 없애버리고 있다. 강물이 없는데 강물에 뗏목 다리가 떠내려간다. 이는 말로 할 수 없는 세계이다. 이와 같이 의미를 무화시키는 방식이 앞에서 본 환유와 유사하지만, 무의미 시는 환유와는 조금 다른 무(無) 자체를 중시한다. 환유가 의미의 불확정이라면 무의미는 모든 의미의 무화이다. 다시 말하면 환유는 말로 할 수 있는 세계이며 선어(禪語)는 말 밖을 지향한다. 하지만 말로 할 수 없는 세계는 시가 아니다. 따라서 말을 최소화하는 길을 찾거나 말을 뒤집어서 새로운 느낌을 끌어내려는 시들이 있다. 이것이 침묵의 시이다.

2
무의미

오늘날 10대들을 가리켜 신인류라고 한다. 그들은 디지털 인류이다. 그들은 문법에 맞지 않는 말을 쓰며, 자기들끼리만 소통하는 은어를 쓴다. 이들은 말을 의도적으로 비틀고 왜곡하며 재창조한다. 이 디지털 인류는 이러한 언어를 썼을 때만 자의식을 느낀다고 한다. 기성 세대에게 이 언어는 전혀 소통되지 않는다. 그들에게는 말이 너무 모자라거나 말들끼리 충돌하고 있어서 소통이 되지 않는다. 신인류는 자기들끼리만 통할 수 있는 말을 쓰기 때문이다.

다시 낱말 중심의 언어를 생각해보자.

리파테르는 시란 "낱말들의 미용체조나 언어 조립 연습에 지나지 않는 구조물"이라고 했다. 이 말은 시란 의미를 지시하는 게 아니라 낱말들의 모자이크라는 뜻이다. 그에 의하면 시는 말을 정직하게 지시적으로 쓰는 게 아니라 뜻이 전혀 통하지 않는 말끼리 연결시키거나 왜곡하여 독자들이 새롭게 읽도록 유도한다. 이는 낱말이 대상을 지시하는 게 아니라 다른 낱말, 다른 기호를 지시하는 기호적 시 쓰기이다. 따라서 시인은 시를 쓸 때 내용을 생각하면서 말을 선택하는 게 아니라 낱말의 연결이 얼마나 잘 되었느냐를 생각하면서 쓴다. 다시 말하면 낱말들의 전체적인 통일성이 얼마나 잘 짜여 있느냐를 중요시한다. 이러한 측면에서 "시란 어떤 것을 말함으로써 아무것도 말할 수 없다"라는 주장이 나온다. 하나의 의미로 고정된 시라면 너무나 단순하고 읽을 필요도 없이 상투적이다. 독자에 따라서 이렇게도 읽히고 저렇게도 읽힐 때 그 시는 좋은 시가 된다. 시란 의미하지 않음으로써 의미한다.

그만큼 시의 문장은 비문법적으로 된다. 문법에서 탈피하면 각 낱말이 여러 형태로 동기화되어 시는 다양하게 해석되고 독자마다 제각각으로 읽을 수 있다. 독자는 자신의 독서나 체험에 맞게 시를 읽는다. 이러한 시는 말과 말이 충돌하게 하여 의미를 결핍시킨다. 말의 의미에 얽매여 쓰면 그 말은 단순하게 된다. 오히려 문맥의 부정성을 살려 의미론적 전이가 일어나게 할 수 있다. 기호는 사물을 지시하는 게 아니라 다른 기호를 지시한다. 따라서 병치와 환유를 통해 내재적 의미로 시를 쓰면 시는 모호해지기는 하지만 그만큼 풍성해진다.

하나의 말은 다양한 파생 문장을 만들어낸다. 문장은 한 이미지를 다른 이미지로 전이하고, 한 말은 변형되고 왜곡되어 또 다른 말들을 파생시킨다. 그렇게 함으로써 화제(話題)나 말은 끊임없이 새로운 말을 낳는다. 그렇게 하여 화제의 초점은 흐려지면서 새로운 의미들이 파생한다. 무의미 시는 말에 대한 회의에서 출발해 실어증의 언어를 수용하기도 하고 말의 혼란을 부추기기도 한다. 라캉식으로 말하면 이는 의미, 혹은 욕망의 미끄러짐이다. 다른 한편 이는 사물을 의미나 이름을 갖기 이전의 상태로 환원시킨다. 하이데거는 고흐의 농부화에 대해 존재의 근원을 보여준다고 했다.

말에 대한 회의는 여러 형태로 나타난다. 김춘수의 무의미 시, 오규원의 날 이미지, 혹은 이승훈의 비대상 시 등이 이러한 시도의 일환이다. 이들은 시의 의미를 무화시키려고도 하고, 말에서 대상을 삭제하기도, 혹은 말의 날 이미지로 나아가려고도 한다.

■ 다음의 시들은 의미의 무화를 위한 여러 경우이다.

① 소리 없는 풍경 속으로 파랗게 질린 구름들, 목소리를 잃은 햇빛이 피어오른다, 시간이 우수수 흘러내리고 커피 잔 속으로 깊어지는 하루살이 떼, 쇠라의 섬을 읽는다

② 지구는 오렌지처럼 푸르다 눈이 내릴 것만 같다 손의 발자국들, 모자를 쓴 신발이 공중을 걷는다

③ 南天과 南天 사이 여름이 와서
붕어가 알을 깐다.
南天은 막 지고
내년 봄까지

눈이 아마 두 번은 내릴 거야 내릴 거야.

— 김춘수, 「남천」

④ 나무가 있으면 허공은 나무가 됩니다

　나무에 새가 와 앉으면 허공은 새가 앉은 나무가 됩니다

　새가 날아가면 새가 앉았던 가지만 흔들리는 나무가 됩니다

　새가 혼자 날면 허공은 새가 됩니다 새의 속도가 됩니다

— 오규원, 「허공과 구멍」 부분

⑤ 램프가 켜진다. 소멸의 그 깊은 난간으로 나를 데려가 다오. 장송의 바다에는 흔들리는 달빛, 흔들리는 달빛의 망토가 펄럭이고, 나의 얼굴은 무수한 어둠의 칼에 찔리우며 사라지는 불빛 따라 달린다. 오, 집념의 머리칼을 뜯고 보라. 저 집착했던 의의가 가늘게 전율하면서 신뢰의 차건 손을 잡는다. 그리고 시방 당신이 펴는 식탁 위의 흰 보자기엔 이미 파헤쳐진 새가 한 마리 날아와 쓰러질 것이다.

— 이승훈, 「위독」

①에서 각 이미지들은 제각각이다. 풍경과 구름과 햇빛, 하루살이 떼, 쇠라의 섬이 각각 따로 논다. 따라서 이미지는 일관되게 이어지지 않는다. 이에 독자는 혼란을 일으킨다. ②에서는 상식적 의미를 뒤집는다. 오렌지는 노랗다. 그리고 지구는 푸르다. 그런데 지구를 오렌지처럼 푸르다고 했다. 그러면 지구의 푸름은 복잡해진다. 푸른 오렌지에 대한 상상을 하게 된다. 정상적인 말의 쓰임에서 벗어난 문장에 독자들은 혼란을 일으킨다. 거기다가 오렌지와 눈과 발자국이 어떤 연

결고리 없이 나열되어 있다. ③도 이와 마찬가지이다. 남천은 식물이면서 남쪽 하늘이다. 그리고 남천과 남천 사이에는 여름과 봄과 겨울이 온다. 여기에서 남천이나 계절은 본래 의미를 갖지 않는다. 남천이나 여름은 말로서의 남천이나 여름일 뿐이다. 이 말들은 다른 말로도 얼마든지 치환이 가능하다. 말에서 대상을 없애버린 것이다. ④에서는 허공이 나무가 되고 새가 되고 새의 속도가 된다. 이는 말로써 분별하는 걸 멈출 때 가능하다. 허공은 어차피 비어 있으니 텅 빈 마음으로 보면 모든 것은 통한다. ⑤에서 난간은 소멸의 깊이에 있고, 얼굴은 어둠의 칼날에 찔리고, 하얀 식탁보에서 한 마리 새를 파헤친다. 이는 실재의 난간이나 얼굴, 새가 아니다. 시적 자아의 관념 속에 있는 사물일 뿐이다.

연습 1 하나의 화제로 시작하여 다양한 파생 문장을 만들어 연쇄시켜보시오. 그리고 앞 문장과 뒷 문장이 직접적으로 연결되지 않게 하시오.

연습 2 앞의 말을 뒤에서 부정하는 방식으로 말들의 충돌이 일어나도록 쓰시오. 단순 문장이나 구절을 나열식으로 구성하시오.

과제 12 다음의 소재들을 부분적으로 수정하여 병렬적으로 연결하여 의미가 애매모호하게 시를 쓰시오. 혹은 파생 문장으로 연결해보시오.

(1) 창밖에서 두리번거리는 가로등

(2) 비누가 미끄럽다

(3) 움푹, 멀뚱하다

(4) 절뚝이 애완견한다

(5) 소음 속 새

(6) 풀잎의 목소리

(7) 인형의 생일

(8) 묵언하는 돌

(9) 그림자에 얼굴을 그려주다

(10) 냄새가 없는 시간

(11) 더부룩하다

(12) 집은 고집이 세다

(13) 눈에서 이파리들이 흔들리다

(14) 종이 물고기는 바다를 그리워한다

(15) 시소는 가을 쪽으로

(16) 알람이 칭얼대다

(17) 엄마, 수도꼭지가 설사를 해

(18) 죽은 아버지는 투우가 되고

(19) 안개가 산을 그리다

(20) 눈이 부스럭

무의미 177

"산문으로 썼으면 훨씬 더 좋았을 법한 시들이 꽤 있어." 오미드가 그녀의 목 뒤로 팔을 뻗으며 말했다. 그는 따뜻한 손바닥을 그녀의 어깨에 올려놓았다. "산문으로 쉽게 표현할 수 있는 생각과 아이디어를 시의 언어로 표현하는 건 시에 대한 모독이야. 시란 말할 수 없는 것을 말하기 위해 있는 것이기 때문에 그건 시의 본질을 훼손하는 행동이지. 시란 숨겨진 것, 비밀스러운 것, 성스러운 것에 관해 말하기 위해 존재하는 것이거든." …(중략)… "시는 미 그 자체가 중요하지 다른 임무는 없어." 택시가 뒷자리의 승객들을 내려주고 새 승객들을 태우기 위해 잠시 정지했을 때 오미드가 말했다. "어떤 메시지를 전하기 위해 쓴 시냐고 물어보는 사람들 이야기는 듣지도 마. 말도 안 되는 소리니까. 시는 그냥 시야. 네 영혼의 깊이를 보여주는 시, 그게 전부야. 독자의 영혼이 아니라 네 영혼, 시인의 영혼. 독자는 부차적인 존재지."

— 사하르 들리자니, 「자카란다 나무의 아이들」

3

텅 빈 말

　화제는 하나의 진술이다. 진술은 'A는 무엇이다'나 'B는 누구이다'
라는 사실에 대한 일반적 인식이다. 따라서 진술은 일반적으로 우리
가 알고 있는 사실을 긍정문으로 수용하는 문장이다. 진술은 화제가
된다. 화제는 말의 의미와 배경을 갖추고 있다. 다시 말하면 하나의 말
에서 또 다른 말을 파생할 수 있는 재료가 화제이다. 그만큼 화제는 문
법적이며 논리적이다. 이와 같은 화제를 끌어들여 도(道)를 참구하는
방법이 화두법이다. 화두는 말로써 말을 무화시키는, 말 이전의 세계
를 구하는 구도의 방편이다. 말이 가지고 있는 논리성이나 지식을 끊
어버려서, 말 이전 본래의 세계 자체를 구하는 말이 화두이다.

　따라서 화두는 말로써 말을 부정하는 어법이다. 화두를 지닌 자는
『금강경』 어법에 '금강이 아니므로 금강이다'라는 식으로, 모든 것을
부정하는 데서 출발한다. 그리고 그 부정까지도 다시 부정하여 화두
를 인식 자체가 무화될 때까지 계속 끌고 간다. 부정에 부정을 더하고

다시 그 부정을 부정하면 결국 아무것도 남지 않는다. 따라서 변증법의 부정과는 아주 다르다. 화두의 부정은 부정과 긍정의 개념 자체를 없애서 숨이 탁 멎게 해 일반적인 알음알이를 멈추게 한다. 그것은 중도(中道)이다.

언어란 에너지이다. 에너지는 악기처럼 공명통이 크고 텅 비어 있어야 큰 울림을 만들어낸다. 이때 언어는 그 뜻이 얼마나 크게 비어 있느냐에 따라 울림이 커진다. 말의 모든 의미를 비우면 말의 본래적인 세계가 더 크게 드러난다. 이는 방편으로서의 말이 가리키는 세계이다. 그 말은 의미를 잃은 채 울림만을 갖게 된다. 그것은 시적인 측면에서는 단순한 말이다. 단순한 말이 멀리 가는 것은 울림이 크기 때문이다. 그 단순함은 결국 침묵을 지향한다.

시적으로 보았을 때, 화두란 말의 실마리로서 하나의 모티프이다. 그 모티프는 하나의 말에서 또 다른 말을 끌어들인다. 하나의 모티프가 된 말, 혹은 진술이 말의 끝을 볼 때까지 부정과 긍정의 혼돈 속에서, 말의 본래적인 성격인 침묵에 이를 때까지 끌고 가서 결국 텅 빈 의미의 세계를 발현하는 때까지 이르게 된다. 하나의 말에서 출발했지만, 언어 밖의 언어, 생각 밖의 생각을 찾으려는 언어 행위가 화두이다. 지식이 끝나는 곳, 텅 빈 마음의 울림통에서 느껴지는 하나의 말, 혹은 그 말들의 연쇄를 맛보면 말의 의미는 저절로 풀어진다. 말은 다른 말을 끌어당기고, 그 끌어당긴 말은 다시 또 다른 말을 끌어당겨, 말의 욕망이 다 하는 곳에서 의미는 스스로를 텅 비운다.

나를 비우면 삼매(三昧)에 이른다.

일본의 하이쿠 시인인 바쇼에 관한 일화가 있다. 바쇼는 스승의 칭찬을 늘 받아왔다. 공부도 열심히 하고 대답도 잘 했다. 그러던 어느 날 스승이 물었다. 이제 네 얘기를 해봐라. 스승인 내가 한 말만이 아니라 네 말을 해봐라. 그때 바쇼는 눈앞이 깜깜했다. 내 말? 바쇼는 자기 안에 있는 말을 찾아봤으나 아무것도 생각나지 않았다. 그동안 너무 스승의 말에 끌려다니고만 있었던 것이다. 시간은 책깍책깍 흘러가고, 몸에서 열이 나고 불안에 떨다가 창가를 보니 빗방울이 풀잎을 건드리고 있었다. 그리고 개구리 한 마리. 공허가 찾아온 순간, 바쇼는 "바나나 잎을 탄 조그만 개구리 한 마리"라고 얼떨결에 뱉었다. 이 얼마나 단순하면서도 제 마음을 텅 빈 말인가. 여기에는 서정적 자아나 지식이 낄 틈이 없다. 시는 바나나 잎 위의 개구리 자체이다. 여기에 언어는 방편일 뿐이다.

화두로서의 시는 의미 너머를 지향한다. 과거의 시가 읊는 시, 노래하는 시, 은유의 시였다면, 오늘날의 시는 사색을 넘어 무의미 시, 침묵의 시다. 생각하고, 또 생각하여 궁극의 깊이에서 생각이 멈췄을 때, 다시 말하면 아무 생각이 없는, 빈 마음을 그대로 드러낼 때 언어는 침묵이 된다. 그것은 계곡물처럼 단순한 풍경 자체이다.

이러한 시는 중심이 없는 시, 주제가 없는 시로서 상식을 초월한다. 이러한 시를 쓰기 위해서 시인은 자신의 서정적 자아를 최대한 없애야 한다. 다시 말하면 시를 의미 이전의 본래 면목이 되게 해야 한다. 이를 위해 시인은 자아를 비워야 한다. 자신의 말을 비우면, 즉 침묵에 들면 자연이나 타자가 나를 채운다. 그때에 시인은 우주를 꿰뚫고 모든 시간을 꿰뚫을 수 있다. 즉 선정(禪定)에 들었을 때 시인은 언어의 미로 속에서 선명하게 떠오르는 존재를 받아들인다. 그때 나와 타자는 둘이 아니다. 시는 타자의 목소리가 내 안에 잠깐 들게 하는 텅 빈 말이다.

자아란 본래 없다.

시인은 궁극적으로 '모호함 속에서 선명함이 드러나게 하는' 데에서 하나의 삶의 근원, 무(無)를 발견하는 언어적 존재이다. 요셉 보이스가 그림에서 추구하려 한 것, 이데아가 곧 그것이다. 실낱같은 수많은 모티프로 묶을 수 없는 하나의 이데아는 그 사이에서 저절로 떠오른다. 이데아는 텅 비었기 때문에 어디든 머무를 수 있고, 어디에도 없다. 그것은 말로 할 수 없는 존재 자체이다.

어떤 말도 자신의 마음을 온전하게 표현할 수 없다. 말은 그냥 도구일 뿐이다. 말은 많이 할수록 그만큼 허망하다. 그러므로 텅 빈 말을 찾아야 한다. 말에 들어 있는 의미란 실재가 아니다. 말은 기호일 뿐이며, 기호는 사회적 약호이다. 허상이다. 따라서 말의 의미에 빠지면 언어 너머의 본래의 소식을 얻을 수 없다. 부정과 긍정을 동시에 말할 수 있는, 혹은 부정도 아니며 긍정도 아닌 말은 무엇일까. 그리고 그것을 시로 쓸 수 있을까. 언어 너머, 혹은 언어도단은 어떻게 표현할 수 있을까. 언어도단을 언어로 표현하는 길을 찾는 침묵의 말은 무엇일까.

우선 '나'를 비워보자. 다음의 시를 통해서 그 실마리를 찾아보자.

■ 언어도단, 혹은 텅 빈 말이 시 속에서 어떻게 표현되는가를 알아
보자.

① 비바람 속 천 간 집이요
　황금부처는 이끼 먼지로 덮였다

　　　　　　　　　　　　　　　— 서산대사, 「법광사를 지나며」

② 강이 푸르니
　새 더욱 희고
　산이 푸르니
　꽃빛이 불탄다

　　　　　　　　　　　　　　　　　— 두보, 「절구(絶句)」

③ 내려갈 때 보았네
　올라갈 때 보지 못한
　그 꽃

　　　　　　　　　　　　　　　　— 고은, 「그 꽃」

④ 길 없이 들어선

　마니산 골짝

　하늘로 치오르다

시샘하며

막아선 선바위

석간수 졸졸

푸릇한 이끼에 내린

시린 한 모금

천 년을 우린 차

— 이형근, 「선다(禪茶)」

    위 시들은 담백함을 그 특색으로 하고 있다. 어떤 어려운 말이나 비유도 없고 눈에 비친 자연 자체를 그대로 보여준다. 그 자연은 청정하다. 따라서 이들 시에는 서정적 자아를 없애려고 한 흔적이 보인다. 침묵의 시에서 주체와 대상을 분별하는 서정적 자아는 없다. 주체와 타자는 분별할 수 없다. 그러므로 시인의 눈은 주체가 될 수 없다. ①에서 비바람 속 천 간 집이나 이끼 낀 부처는 주체와 분별되지 않으며, ②에서 강색과 산빛은 눈에 그린 형상이다. ③에서는 주체가 타자와의 본질적인 만남을 표현하고 있으며, ④에서는 석간수 한 모금은 그 자체 깨달음이 된다. 그리하여 시인은 주체를 텅 비우기 위해 '침묵'의 이미지들을 연쇄시켜 나아간다. 침묵은 주체가 표현하려는 의미를 괄호 속에, 혹은 텅 빈 우주 속에 넣어 분별할 수 없게 한다.

    진공묘유의 시는 모든 말의 의미를 부정하고, 그 부정까지도 다시 부정하는 데에서 출발한다. 말은 처음에는 의미를 갖는 것 같지만 점점 그 의미를 비워버리는, 다시 말하면 서정적 자아의 의지를 내려놓는 데로 나아간다. 시인은 밤새 기진맥진하도록 말들을 붙들고 있다가 결국 실패하고 집착했던 그 말, 곧 화두를 내려놓고 만다. 나는 시인이 아니다, 나는 더 이상 시를 쓸 수 없다, 조사한 이 말들로는 시를 쓸 수 없음을 깨닫고 결국 시 쓰기를 포기하고 만다. 그 포기, 내려놓음에서 나타나는 섬광이 있다. 그때 주체는 없고 몇 마디 말만이 떠오른다. 그 말이 무엇을 표현하려고 했는지 주체는 알지 못한다. 그냥 썼을 뿐이다. 의미는 텅 비었다.

창밖으로 한 소식이 피었다.

서정적 자아가 없는데 비유나 상징이 있을 수 있겠는가. 비유나 상징은 서정적 자아의 예술적 장치이다. 그 장치를 시인은 자기만의 세계를 드러내는 도구로 삼는다. 하지만 침묵의 시, 텅 빈 시에서는 서정적 자아가 없기 때문에 시적 장치 또한 끌어들이지 않는다. 주체에 갇혀서도 안 되지만 대상, 곧 타자에 갇혀서도 안 된다. 주체도 타자도 없는, 세계 자체가 텅 빈 순간을 받아들이는 일이 텅 빈 말로 된 시이다.

말, 곧 화두에 갇히면 의미에 갇히게 된다. 화두를 풀기 위해서는 자신이 알고 있는 모든 지식을 쏟아놓고, 그 말의 굴레 너머의 세계, 곧 갑자기 떠오르는 마법과 같은 세계에 이르렀을 때, 그때 하나의 착상이 떠오르고, 그 착상에서 한걸음 나아가 그 착상까지도 없애야 한다. 화두, 곧 말의 의미를 놓아버리겠다는 관념까지도 없애야 한다. 평범한 한마디에서 시작했지만 말도 안 되는 데까지 나아가야만 무(無)를 만날 수 있다. 그 무의 세계는 이미 서정적 주체의 뜻이나 의도와는 아무 상관이 없다. 그때 백척간두(百尺竿頭)에서 진일보(進一步)하는 경지가 나타난다. 무는 거기에서 길이 끊어진다. 그 끊어진 길에서 한 걸음 내딛는 순간에 꽃이 핀다. 그 꽃이 소식, 다른 말로 하면 시이다.

'누이는 창녀다'라는 화두를 갖는다면, 왜 누이가 창녀인지, 그 누이는 누구인지, 그리고 무엇을 하며, 어떤 생활을 하는지 등등 모든 것들을 다 생각해서 그 생각의 끝장을 봐야 한다. 그리고 그 끝에서 다른 생각이 떠오른다. 우두커니 책상 앞에 앉아 있는 빈 컵이 누이는 아닐까, 창밖에서 서럽게 우는 새 울음에서 누이를 느낄 수는 없을까, 떠도는 바람이 누이는 아닐까 등등 오만 잡생각이 떠오른다. 그리고 더 이상 궁구할 수 없을 때 문득 내면은 고요해지고 말로서 말을 풀 수 없음을 알게 된다. 그 말이 갖고 있는 모든 의미가 얼마나 군더더기인지를 알 때 세계가 뜻 없다는 걸 인식하게 된다. 뜻 없는 세계에 어떤 말이 의미가 있겠는가. 순간, 한 소식인 양 '누이의 유곽 위로 보름달이 뜬다'라는 말을 얻을 수 있다. 그와 함께 시인은 낱말과 낱말 사이, 행과 행 사이를 성큼성큼 건너다닌다. 시인이 아니라 단순한 말이 발을 달고 저만치에서 빛을 발하며 성큼성큼 걸어온다. 우리는 그 걸음을 침묵이라고 부른다. 그 말은 담백할 뿐 전혀 신비하지 않다.

연습 3 '병원'이라는 화두에서 서정적 주체를 드러내지 않은 채 주체에게 부딪쳐 오는 단순한 순간의 말들을 모아 연결해보시오. 기적 장치를 최소화하시오.

연습 4 눈앞에 보이는 풍경을 아무 생각 없이 표현하되 눈에 들어오는 풍경을 병치하여 나열해보시오.

연습 5 하나의 진술 문장을 만든 다음 그 문장을 계속 부정하여 또 다른 단문을 끝없이 이어보시오.

과제 13 다음 소재들을 부분적으로 수정하여 주제가 희미해지도록 '아무 말 대잔치'처럼 연결고리 없이 나열해보시오.

(1) 물에서 〈월광〉 소나타 냄새가

(2) 나를 냉장고 속에 보관하는 방법

(3) 헤드뱅어

(4) 구깃구깃

(5) 〈절규〉의 소녀

(6) 초록이 피어나다

(7) 벌레들이 읽는 신문

(8) 소설 속에서 나온 사람

(9) 나무들이 걸어 다니는 밤 속으로

(10) 땅을 두드려 봄을 부르다

(11) 바람에 우표를 붙여 우체통에 넣으면 어떻게 될까

(12) 하루도 쉬지 않고 야근을 하는 달의 시급은 얼마지

(13) 밥 말리의 레게를 거꾸로 들으면 무슨 소리가 나지

(14) 어머니의 기침 소리를 번역하면

(15) 찰랑, 튀어오르다

(16) 흔들리는 것들

(17) 분홍, 어긋나다

(18) 얼굴이 흩어지다

(19) 물 위를 걷는 바람의 발자국

(20) 식어버린 책장

제6장

공감의 언어

Poetry

시는 수학과도 같아서 조그만 실수도 용납되지 않으므로, 하나하나의
낱말은, 특히 그것이 비범할 때는 더더욱 적재적소에 놓여야 한다고
말해주었다. 이어서, 정확성 이상으로 감성과 창조력이 필요하다고도 했다.

— 타르 벤 젤룬, 「감각의 미로」

공감의 언어

언어가 진실을 직접적으로 말하고 있지 않는 시대에 거짓말하지 않는 말, 어떤 꾸밈이나 빙 돌려서 말하지 않는 말은 없을까. 소소한 일상을 어떤 꾸밈도 없이 있는 그대로 말하면 시가 되지 않을까. '나'의 소박한 일상을 친구에게 소소하게 읽어줄 만한 시는 없을까. 낱말의 조작이나 이미지보다는 평범한 문장이나 이야기로 시를 쓸 수는 없을까. 누구나 읽으면 공감하고 말을 쓰면 시가 되는 그런 공감의 시.

시의 언어는 압축되어 있고 비유적이다. 더욱이 그것은 텍스트 내재적이다. 그런데 이러한 압축된 정서적 언어만을 쓰다 보면 시는 소통이 어려워진다. 시만의 독특한 장치 때문이다. 그 대표적인 장치가 이미지인데, 이미지(image)는 원래 허상, 가상, 비현실의 상상을 뜻한다. 수학에서 허수를 뜻하는 i는 이미지의 이니셜에서 가져온 기호이다. 허상만을 말하는 시는 일반인들이 쉽게 읽을 수 없다. 그렇게 되면 시는 시인들의 전유물이 되고 말 것이다. 더욱이 난해시가 독자 대중을

괴롭히는 말놀이에 불과하다는 비판에서 자유로울 수 없는 현실에서 시에서 소통의 문제는 중요한 화두가 되고 있다.

기호학이나 포스트모더니즘, 혹은 탈구조주의가 등장하면서 시에서의 압축이나 내재적인 어법이 지나치게 강조되는 감이 없지 않다. 탈구조주의의 해체론적 시는 시인들만의 언어에 갇혀 있다. 그들에 의하면 시란 그림이나 음악처럼 순수예술로서의 자의식을 갖고 있다. 하지만 언어는 그림이나 음악의 매개체와는 다른 점이 있다. 그림의 색이나 선, 면, 혹은 음악의 멜로디나 화음은 의미 자체를 배제해도 무방하다. 왜냐하면 그 매체들은 그 자체가 순수해 의미가 열려 있기 때문이다. 하지만 문자언어는 기본적으로 의미를 매개로 한 소통을 전제로 한다. 즉 소통을 목적으로 생겨난 게 언어이다. 이런 소통을 전제로 만들어진 언어를 최근에 이르러 소통보다는 예술성에 무게중심을 두면서 시에서 의미를 배제하는 경향이 나타난 것이다. 하지만 라캉조차도 기호에서 의미를 완전 배제할 수는 없다고 했다. 그에 의하면 기호가 욕망을 지연시킨다고 해서 의미는 완전히 배제되는 게 아니라 확장된다.

기호학적인 문학을 비판하는 켄 윌버 같은 심리학자는『통합비전』에서 포스트모더니즘을 비판하면서 해체적인 방법이 너무 비현실적으로 나아가버렸다고 주장한다. 그에 의하면 데리다는 해체를 주장하다가 너무 나가버린 나머지 사회의 현실성 자체를 없애버리고 난해성을 위한 난해성을 추구한다. 오늘날은 통합의 시대이다. 시를 현실과 통합함으로써 시인뿐만 아니라 일반 독자에게도 참여할 수 있는 공간을 줘야 한다. 20세기 말 프랑스에서 젊은 학생들이 시위할 때 구조주의 물러가라, 라고 외친 것이나 미국 학생들이 포스트모더니즘을 신랄하게 비판한 것도 일반 독자를 배제한 학계나 문화계에 대한 부정적 인식에서 비롯한다. 그러므로 우리의 피부에 닿는 정서를 표현했을 때 시는 공감이 이루어진다. 시는 자신이 살던 시대와 소통할 때 건강해진다.

말을 압축하여 내재적인 언어만을 쓴다면 그 시는 시인이라는 외계인 집단의 전유물이 되고 말 것이다. 공감 능력이 떨어진 시대에 시조차 어려운 기호 풀이 방식으로 짜여 있다면 시를 읽는 독자는 사라질 것이다. 여기에 사실성을 담보로 하는 일상적 문장 중심의 시의 역할이 있다. 낱말 중심이 아니라 문장 중심의 말은 낯선 말, 연쇄되고 충돌된 말들 사이를 꿰매주고 이어준다. 시가 일상을 말하듯이 쓴다는 점을 일깨워준다. 일상어는 그대로 시가 된다. 눈에 보이는 풍경을 그대로 적으면 시가 되고, 자신의 내면에서 올라오는 감성을 그대로 표현하면 시가 된다.

시는 일종의 대화이다. 그러므로 시는 말하듯이 쉽게 쓴다. 우리가 일상으로 쓰는 말을 시적 정서를 느낄 수 있게 배열하면 시가 된다. 김소월의 「엄마야 누나야」를 읽어보면 평소에 쓰던 말을 대화하는 방식으로 리듬이 느껴지게 배치했을 뿐이다.

엄마야 누나야 강변 살자
뜰에는 반짝이는 금모래 빛

뒷문 밖에는 갈잎의 노래
엄마야 누나야 강변 살자

위 시는 평소에 누구나 할 수 있는 말로써 누군가에게 호소하는 듯한 느낌이 든다. 각 시행은 단순한 문장이지만 감미로운 정서로 다가온다. 왜일까. 그것은 말을 아꼈기 때문이다. 단순한 진술이지만 그대로 시가 되어 있다.

다시 진은영의 「그 머나먼」이라는 시 일부를 보기로 하자.

홍대 앞보다 마레 지구가 좋았다
내 동생 희영이보다 앨리스가 좋았다
철수보다 폴이 좋았다
국어사전보다 세계대백과가 좋다
아가씨들의 향수보다 당나라의 벼루에 갈린 먹 냄새가 좋다
과학자들의 천왕성보다 시인들의 달이 좋다

멀리 있으니까 여기에서

엘뤼아르보다 박노해가 좋았다
더 멀리 있으니까
나의 상처들에서

이 시도 소월의 시와 마찬가지로 단순 진술 문장으로 이루어져 있다. 소월의 시와 마찬가지로 말을 아끼면서 각 문장들은 '좋다'라는 리

듬감을 부여하였다. 그리고 '좋다'가 나열된 행간 사이에 있어야 할 산문적 설명이 빠져 있다. 그 대신 "멀리 있으니까 여기에서"라는 말을 넣어 긴장감을 부여하고 있다. 시는 말하듯이, 문장 중심으로 쓴다. 그런데 그 말들 사이에는 긴장감이 있다. 음악에서는 이를 '텐션(tension)'이라고 한다. 기본 화음에 다른 화음을 끼워 넣어 본래의 화음에 긴장감을 부여하는 기법이 텐션이다. 시에서 이와 같이 진술들 사이에 긴장감을 부여하는 또 다른 진술을 넣는다. '멀리 있으니까 여기에서'가 바로 그와 같은 역할을 한다.

시는 말하듯이 쓴다. 하지만 그 말은 절대 설명이나 해설이 아니다. 그 사이에는 바짝 독이 오른 코브라의 머리처럼 긴장감이 서린 말이 놓인다. 그 말은 평범한 진술이나 표현들 사이를 종횡무진으로 움직이며 시적 긴장감을 불어넣는다.

또한 정치시나 목적시도 주로 직설적인 말을 쓴다. 이런 시는 시인이 어떤 목적을 위해 자신의 견해를 독자나 청중을 향해 직접적으로 표현한다. 이들의 시는 직접적 소통을 주된 목적으로 한다. 그리고 낭송이나 낭독을 목적으로 하는 시들도 공감의 시라고 할 수 있다. 낭송이나 낭독, 노래하는 시들도 현장에 참여한 청중에게 직접적이면서 순간적으로 전달하는 것을 목적으로 하기 때문이다. 이런 시에는 시적인 의장이나 수식어, 어려운 이미지나 상징이 들어가서는 안 된다. 청각은 소리를 오래 붙잡고 있을 수 없기 때문이다.

지금은 모두 광화문을 가야 할 때입니다

아저씨의 손을 잡고
유모차를 끌고
촛불을 켜야 합니다

    시가 소통이 되려면 말의 의미가 단순해야 한다. 즉 말하듯이 써야 한다. 말하듯이 쓰는 시에서는 말과 실제가 일치한다. 그렇다고 말하듯이 쓴 시가 비시적인 것은 결코 아니다. 시는 본래 말하듯이 쓴다. 시는 한 개인의 순간적인 체험을 짤막하게 표출하는 양식이다. 이런 시가 점점 예술성이 강화되면서, 새로움이라는 탈을 쓰면서 어려워지고 복잡해졌다. 그렇다고 말하듯이 쓴 시가 없어진 것은 아니다. 너무 현란한 장식적 표현이 많은 시들이나 몽롱파 시보다는 단순 진술이나 표현의 시가 훨씬 진솔하고 폐부를 찔러 독자의 공감을 쉽게 불러온다.

    말하듯이 쓴 시는 둘러 가지 않고 직접적으로 독자의 가슴으로 돌진하며, 일상의 문장을 쓰기 때문에 담백하다. "빼앗긴 들에도 봄은 오는가"나 "하늘에 한 점 부끄럼이 없기를"이라는 표현들은 그 자체가 우리의 가슴을 날카로운 칼로 도려내는 듯한 임팩트가 있다. 진정성에 바탕을 두고 있기 때문이다. 그 진정성은 시적인 장치나 방법을 뛰어넘는다. 거기에는 생활이 들어 있고, 한 사람의 삶과 한 시대의 정신이 들어 있다. 이런 진술 시에는 일상생활의 깊이와 두께가 있다. 이러한 시는 오랫동안의 성찰과 날카로운 발견에서 비롯한다. 자신이나 사회에 대한 평범하면서 단순하게 뱉는 말은 곧 시가 된다.

    또한 말하듯이 쓴 시는 시적 주체와 현실의 인간 사이에 간극이 거의 없다. 시인=사람, 혹은 생활=시이기 때문이다. 그 사람이 생활 속에서 느낀 바를 그대로 옮겨놓았으므로, 시는 쉽게 구체적으로 독자에게 다가온다.

■ 다음 시들에서 시의 주체와 시인 사이의 거리를 확인해보고, 문장 단위의 시 쓰기에 대해 알아보자.

① 전쟁 같은 밤일을 마치고 난
　　새벽 쓰린 가슴 위로
　　차거운 소주를 붓는다
　　아
　　이러다간 오래 못 가지
　　이러다간 끝내 못 가지

— 박노해, 「노동의 새벽」 부분

② 가을 산사에서 하룻밤을 지샌다
　　깊이 잠든 별도 쳐다보고
　　숲속에서 이는 바람소리도 들으면서
　　큰스님의 이야길 듣는다
　　내 진작 어려서부터 중은 안 되더라도
　　절을 가까이 하면서 살았더라면
　　스님의 깊은 언저리라도 배웠을 것을
　　밤 깊어 스님은 풍경 속으로 잠들고
　　슬프도록 적막한 고요 속에서
　　나는 홀로 귀 세운 짐승처럼

어디선가 흐르는 시냇물 소리와
산이 우는 소리를 듣는다
오늘밤은 이 산사에서 귀를 뉘이고
내일은 또 어느 곳에 가서
잠들 것인가를 생각한다

— 이영춘, 「가을 산사에서」

직설적인 진술에는 진솔함이 있다. 더욱이 진술의 시는 한 사람의
체험에서 나온다. 따라서 시는 시적 장치의 단계를 거칠 새도 없이 바
로 가슴에서 울려 나온다. 여기에서 진솔함은 시의 주체와 현실의 거
리를 최대한 좁힌다. 시의 주체와 시인 사이에 나타나는 거리의 간극
이 없어 그만큼 시는 진솔하다. 체험에서 나온 시이기 때문이다. 박노
해의 시 ①은 노동자로서의 삶을 자신의 체험으로 진술하게 드러내고
있다. 시인이 노동자의 삶을 있는 그대로 드러내고 있어 독자는 그의
삶으로 바로 끌려 들어간다. 그리고 ②의 시에서도 마찬가지로 시인
이 직접 체험한 가을 산사에서의 느낌을 그대로 표현하고 있다. 이러
한 시에서는 어떤 시적 장치가 필요하지 않다. 이러한 느낌은 누구나
가질 수 있기 때문이다. 따라서 시에서는 가을과 산사, 거기에서 오는
감성이 적나라하게 나타난다.

하지만 자신의 감성을 직접적으로 드러내면 자칫 감상이 될 수도 있
다. 이런 감상을 줄이기 위해서 늘어질 수 있는 부분을 끊어내기 위해
종종 서정적 주체를 최소화하기도 한다. 그럴 경우 어떤 시적인 장치
보다 깊은 맛이 나는 울림이 생긴다. 단문의 진술과 진술 사이에 침묵

의 공간을 두어 정서적 울림이 크게 하기 위해 감상을 최대한 배제한
다. 이를 위해 병치의 배열을 응용하기도 한다.

■ 다음 시에서 직설적인 표현을 어떻게 병치해놓았는지 살펴보자.

① 바나나가 거실 식탁에서 뒤척인다 비를 맞고 있는 텔레비전에서 여자
아나운서가 늙어가는 걸 보며, 뻘쭘히, 이를테면 살그머니, 멘트 속으
로 끼어들지 못하는 말들이 화면으로 흘러내린다

나이를 먹는 게 내 직업이에요

냉장고가 사랑받고 싶어 징징거린다, 살며시, 여백 같은 말 속으로 어
느 날의 시를 쓴 다 레옹의 식물처럼 항상 행복해 하고 질문도 하지 않
는, 말들은 뿌리가 없어 좋다

다른 속도로 가고 싶어요

어스름이 차오르면 곳곳으로, 기억의 경계선을 넘나드는 가로등 불빛
이, <u>으흐흐</u>, 창살을 들락거린다 호퍼의 그림이 있는 달력이 내도록 숫
자를 세고

② 돈 빌려줄 수 있어.

아빠, 오늘 밀수 담배 좀 팔았어. 나는 초록 머리를 하고 클럽에 갈 거
야. 클랙슨이 빽빽거리네. 덜 떨어진 아빠 애인이 왔나 봐. 그년에게

제발 자동차 바꾸라고 해.

어젯밤에는 고속도로 한 중간에 서 있는데 150 킬로로 쌩쌩 달리는 차들이 나를 비켜갔어. 죽음의 천사들은 맹인이야. 하지만 꿈은 기계들의 피투성이였어.

커트 코베인의 유서를 대필했다고 떠들고 다니는 사람을 만났어. 그사람은 자기 고양이를 죽인 거야. 펭귄이 변기에 서서 오줌을 누었나봐. 어제 쓴 일기에서 지린내가 나.

　시 ①에서 각 시행들은 직설적 문장을 쓰고 있다. 말하듯이 쓴 시행들이다. 더욱이 2연 4연에서는 하나의 시행이 연으로 구성되어 있다. 그 시행들은 단순한 표현으로 이루어져 있다. "나이를 먹는 게 내 직업이에요"나 "다른 속도로 가고 싶어요"는 일상적 진술과 진술 사이에 끼어서 그 말들을 시적으로 고양시키고 긴장시킨다. 또한 병치는 진술들을 시적인 장치로 엮는 역할을 하고 있다. 그 사이에는 침묵이라는 긴장감이 있다. 그리고 ②의 시는 진술과 대화로 엮여 있다. 각 연들은 병치되어 있다. 그리고 병치된 시의 연들 사이에는 긴장감이 흐른다.

연습 1 다음 자료들을 중심으로 진술의 시를 써보시오. 말들을 비틀지 말고 어려운 시적 장치를 될 수 있는 한 넣지 마시오.

　　⑴ 추리닝 입은 남자

　　⑵ 맥도날드

　　⑶ 예리하다

　　⑷ 왕가위 영화 〈중경삼림〉

　　⑸ 까마귀

　　⑹ 빨간 모자

　　⑺ 전화가 울리다

　　⑻ 어머니의 잔소리

　　⑼ 귀가 둥그렇다

　　⑽ 웃음이 가득하다

　　연습 2 여러 문장을 시적인 장치 없이 조사한 다음 말하듯이 편안하게 읽힐 수 있도록 써보시오.

과제 14 다음을 자료로 삼아 실제의 내가 주인공이 되어 시로 만들어보시오. 반드시 시적 장치 없이 실감나게 쓰시오. 구체적인 현장감이 드러나게 단문들로 구성해보시오.

(1) 한쪽 눈이 가늘다

(2) 숨은 그림 찾기를 하다

(3) 너를 바라볼 때면

(4) 한숨 쉬다

(5) 숲이 물결진다

(6) 심장이 두근거린다

(7) 담배에 길들다

(8) 구름이 산을 넘는다

(9) 야근하다

(10) 네모지다가 세모지다가

(11) 수도꼭지에서 흐르는 물

(12) 산고양이가 울고

(13) 바람 속을 산책하다

(14) 밤에 피는 꽃

(15) 말소리가 무겁다

(16) 끄물끄물하다

(17) 노크하다

(18) 식탁에는 숟가락 셋

(19) 어쩐담, 어쩐담!

(20) 빨강이고 싶어요

입체, 혹은 다초점

나의 시에 운을 맞춘다면 그것은 내게 거의 오만처럼 생각된다.
내 가슴속에서는 서로 다투고.
꽃이 만발하는 사과나무에의 감동과
엉터리 환쟁이(히틀러)의 연설에 대한 경악이.
하지만 두 번째 것만이
나를 책상에 앉도록 독촉한다.

— 브레히트, 「서정시를 쓰기 힘든 시대」

입체, 혹은 다초점

지금은 카오스의 시대이다. 이러한 시대에는 인과관계보다는 우연성이 중요시된다. 모든 현상은 인간의 지적 능력으로 파악되지 못하고, 결과는 언제든지 새롭게 나타날 수 있다. 원본은 존재하지 않으며 파생은 수없이 일어난다. 어떤 주도적인 목소리도 찾을 수 없는 현실에서 이제 새로운 환경에 따라 새로운 패러다임으로 시를 쓰자는 게 입체, 혹은 다초점의 시이다. 하나의 나무에 여러 색깔의 이파리가 있고 다양한 가지가 있듯 하나의 말에 여러 가지 색채를 입혀 그 말이 입체적으로 보이도록 말의 다원성으로 쓰는 시가 입체시이다. 따라서 주제도 통일되어 있지 않으며, 행과 연이 일관되지도 않는다. 이러한 시는 각각의 연이나 행이 서로 다른 소재로 표현되지만 그것들이 충돌하면서 어울리는 정서를 갖고 있다. 다시 말해서 1연(행)과 2, 3, 4연(행)이 각각 다른 소재를 다루고 있거나 어법이 나르다. 그렇다고 전체적인 정서나 주제가 통일되는 것도 아니다. 같은 말의 다른 의미나, 한 편의 시 안에서 다양한 소재들이 순서 없이 그냥 연쇄되어 있을 뿐이다. 따라서 시는 직렬 결합이 아닌 다중적 결합이다. 이런 시는 어떤 순서도 갖고 있지 않아서 뒤에서부터 읽어도 되고 중간에서부터 읽어도 무방하다. 각 행이나 연은 서로 긴장 관계를 갖고 있지만 순서는 없다. 시행뿐만 아니라 제목을 붙일 때에도 이와 같은 다중적 결합은 많이 쓰인다. 제목 또한 시와 서로 거리가 너무 떨어져 있어서 긴장 관계가 있다고도 할 수 있으나 무관하다고도 할 수 있다. 어쩌면 제목이 또 하나의 시행 역할을 한다고도 볼 수 있다. 주제의 일관성이나 통일성은 이제 아무 의미가 없다. 시점 또한 하나의 시 안에서 얼마든지 달라질 수 있다.

> 금속성 이미지들의 습격으로
> 언어가 고통을 받을 때
> 『논어』 속
> 돈키호테처럼 걸어가야 했던
> 공자의 우활(迂闊)한 길을 따라가다 보면
> 제자들은 모두 잠들었지만 공자의 고독은 잠들지 못했다. 광야를 건너는 것은 자신인가 달인가. 비파가 품에서 울었다.

위의 시에서 5행까지는 현재 시인의 시점이지만, 6행은 과거 공자의 시점이다. 시인의 목소리와 공자의 목소리가 하나의 시 속에 같이 있다. 다초점이다. 다초점 시는 사물을 한 방향에서만 보지 않고 여러 방향에서 바라본다. 그리고 시간과 공간을 달리해서 보기도 한다. 시

전체의 주제를 서로 다른 각도에서 바라본다. 그래서 다시점의 시라고도 할 수 있다. 또한 시점에 따라 주제를 고정하지 않아도 된다.

이런 시는 입체적 시라고도 할 수 있다. 피카소의 그림을 보면 다양한 시각을 하나의 화폭에 담았다. 그의 그림은 동쪽, 서쪽, 북쪽 등 여러 각도에서 바라본 시점을 하나의 화폭에 담고 있다. 브라크나 칸딘스키의 그림도 마찬가지이다. 또한 샤갈은 여러 체험을 하나의 화폭에 담고 있다. 시도 그림과 마찬가지로 여러 체험을 하나의 시 속에 불연속적으로 담아 자신이나 한 시대의 여러 단면을 시에 담아 표현할 수 있다. 이때 하나의 화제(話題)에 마치 산문의 단락을 짓듯 한 행이나 연, 단락이 되도록 복합적으로 배열할 수도 있고, 아예 의도적으로 순서 없이 배열할 수도 있다.

따라서 서로 다른 소재를 하나의 시 속에 연결고리 없이 잇는다. 1연(행)에서는 A의 정황을 표현한다면 2연에서는 B의 정황, 그리고 3연에서는 C의 정황을 표현하는 방식으로 시를 쓴다. 이때 시행(연)들은 연속성 없이 각각 다른 내용을 쓸 수 있다. 이러한 시에서는 전체적으로는 의미나 주제, 정서의 통일성이 유지 되게 할 수도 있고, 정서의 통일성 자체를 없애고 개방적으로 열려 있게 할 수도 있을 것이다.

> 음역이 넓은 봄으로 솟는 원추리
> 금속성 눈빛의 잔해들
> 울퉁불퉁, 나비가 난다.
> 몽유병을 앓는 나무들이 누워 있는 페이지에서는 불면증에 걸린 개가
> 오줌을 흘리며 다닌다.

납덩이 해가 떴네.

위의 시는 5연으로 되어 있지만 각 연은 그 소재가 모두 다르다. 1연은 원추리, 2연은 눈빛, 3연은 나비가 중심 소재이다. 그리고 4연은 개 이야기이며, 5연은 해에 관한 이미지이다. 하나의 시 안에서 시의 소재나 이미지가 모두 다르다.

시에서 모순은 아름답다. 누보로망의 작가 알랭 로브그리예는 세상은 우연의 연속이라고 했고, 자크 라캉은 의미란 모호하고 다의적이라고 했다. 롤랑 바르트는 의미가 열려 있다고 했다. 몇 개의 정황, 혹은 사물이나 이야기를 독립적으로 배열하는 방식으로 시를 쓰는 것에는 그만큼 풍성한 정서를 끌어들일 수 있는 이점이 있다. 시점의 다양화, 목소리의 다성화를 이끌 수 있기 때문이다. 따라서 이런 시는 다성적 서정시라고도 할 수 있다. 하나의 작품에 다양한 목소리가 들어 있기 때문이다. 각각의 행이나 연이 다른 목소리를 갖고 있어서 시는 복합적인 정서를 포용할 수 있다. 다음에서 한 편의 시를 보기로 하자.

어머니 집에서의 하룻밤, 냉장고가 앓는 소리를 낸다. 무거운 잠들이 모인 병실 마냥 푸드렁, 꺽꺽, 참, 께느른하다. 어머니만큼 무거울까. 이십 년이나 됐으니 이제 쉴 만도 하지. 가래 끓는 소리가 무람없이 내 잠 위에 얹힌다. 돈이 있어야 쉬게 할 텐데……. 시간의 깊은 수렁에서 올라온 체온이 잠을 짓누른다. 꺼이꺼이, 으엉으엉, 귀물이 따로 없다.

김춘수 시인은 말라르메처럼 무게가 없는 언어로 시를 써보려고 했다. 중력이 없는 언어를 생각했다. 말라르메의 무거운 생활을 알지 못해서 우주를 유영하기 위해 별을 바라보기만 해도 우주인이 된다고 믿었다. 그래서 강의를 자주 빼먹고 국회의원이 되었지만 언어는 하늘로 떠오르지 않았다.

세월호는 너무 둔했다. 미월(眉月)이 뜬 밤, 아침으로 가기에는 몸이 너무 늙었다. '엄마, 미안해!'라는 말을 싣고 어둠을 헤치기에는 너무 낡아, 무거운 아침이 생게망게하여 모든 언어는 무참했다. 그리하여 막말과 눈물이 선거방송처럼 떠다니는 거리에서 어느 색과도 어울리지 못한 노란, 샛노란 리본이 물결 졌다.

— 전기철, 「무거움에 대하여」

위의 시 1연은 어머니를 걱정하는 목소리, 2연에서는 지적인 목소리, 3연에서는 세월호와 관련한 아이의 목소리이다. 각각의 목소리들은 서로 다른 소재의 말을 한다. 그 차이는 다른 소재 때문에 생긴 목소리의 톤에서 생긴다. 이렇게 서로 다른 연이나 행에서 시점이나 목소리, 혹은 소재를 달리하여 서로 긴장감을 일으키게 하는 방법이 다성적 시 쓰기라고 할 수 있다.

다성적 서정시를 쓰기 위해서는 다양한 양식에서 소재를 끌어와야 한다. 영화나 음악, 혹은 그림이나 조각품, 춤, 철학, 자서전, 심지어 수학이나 과학까지도 끌어들여 다양한 목소리를 보여줘야 한다. 이런 시는 바흐친의 다성성처럼 시장이나 백화점 등 여러 지방 사람들의 다양한 목소리, 혹은 다른 시간 속의 목소리를 한데 모을 수 있다. 또한 그 목소리들 사이에 긴장감을 유지하게 하여 시의 의미가 풍성하게 할 수 있다. 이를 위해서 시인은 하나의 소재에 대해 다양한 목소리를 모아야 한다.

연습 1 두 개 이상의 시공간이나 소재로 하나의 시를 쓰시오. 다중적 소재나 시공간이 시의 연을 이루게 배열하시오.

연습 2 각 연의 시점이 다르게 써보시오. 그렇게 하여 의미가 열려 있도록 구성해보시오.

제7장 입체, 혹은 다초점

과제 15 다음 자료들을 이용해서 연(행)과 연(행) 사이가 직접적으로 연결되지 않도록 다초점의 시, 혹은 다성적 목소리가 되도록 시를 쓰시오.

    (1) 은둔하는 나무

    (2) 페이지를 옮겨 다닌다

    (3) 나무에 걸린 바람이 바이올린을 흉내낸다

    (4) 기울어지는 달의 목소리

    (5) 밤바람은 눅눅한 보라색이다

    (6) 지하철이 기침을 한다

    (7) 창문을 쉼 없이 두들기는 빗방울은 버려진 개의 눈동자다

    (8) 알약이 주먹을 쥔다

    (9) 뺑소니치는

    (10) 밤에 밤을 곱하다

    (11) 모래로 된 말들

    (12) 쥐 울음소리

    (13) 귀가 빨간색을 듣는 듯

    (14) 소금을 부려야겠어

    (15) 진료 기록표를 내밀지

    (16) 선글라스로 세상을 색칠해버려

    (17) 어머니의 기침 위에 올라서다

    (18) 시계가 멀뚱하다

    (19) 손수건에서 낯선 손 냄새

    (20) 아르보 페르트가 지나간다

Poetry

제8장

영상, 그리고 일상의 단상

음악에서 산문으로 가는 통로에서 시는 일종의 중간 지점이라고 생각한다.
음악과 마찬가지로 시도 리듬 법칙에 의해 제약을 받는다.

— 페르난두 페소아, 「불안의 책」

영상

지금은 영상 시대이다. 이는 우리 시대 문화가 영상 쪽으로 많이 기울어졌기 때문이다. 톨스토이가 말했던 것처럼 한 편의 소설을 읽는 데에 하루 정도의 시간이 필요하다면, 한두 시간이면 다 볼 수 있다는 점에서 영화는 문자언어보다 주도적인 매체가 되었다. 뿐만 아니라 영화는 우리의 감각이나 상상을 새로운 방식으로 제시한다. 영화란 스토리를 영상 이미지로 표현한다. 스토리를 몇 개의 시퀀스, 혹은 신으로 나누어, 그것을 다시 세분하여 영상화한다. 영상은 시각적 언어로 되어 있다. 영상은 눈에 보이도록 시각화해야 화면에 담는다. 영상 언어는 느낌이나 속생각을 시각적으로 보여준다. 그만큼 영상은 눈으로 보는 것이고 눈을 통해 사고하는 양식이다. 영상은 〈인터스텔라〉처럼 우리의 마음을 시각화한다. 시각화하지 않는 영상은 없다.

시도 이와 같이 쓸 수 있다. 주체의 속생각을 시각화하여 시각적 영상으로 보여주면 영상시가 된다. 물론 영상 중간중간에 다른 감각, 즉 청각적인 요소들을 넣을 수 있지만 그 외에는 시각적으로 나타날 수 있게 해야 한다. 이렇게 시도 영화처럼 쓸 수 있다. 이런 영상시를 쓰기 위해서는 모든 상상을 시각적 이미지로 바꿔야 한다.

한밤의 헤비메탈, 너는 없어 여기 없어 씨바, 나선형 계단에서 담배를 피우는 한 남자, 밤하늘로 별들이 날고 누구나 중력을 느끼는 것은 아닙니다 십억 비트의 오르가슴이 티슈 한 장으로 포물선을 그린다 무중력을 견디는 머리가 짧은 여자, 느린 박자에서 지지직, 우주의 목소리가 대번에 속도를 높인다 테크니컬 헤비 헤비, 너는 날개를 부러뜨릴 듯 씨바 씨바스, 어둠 속으로 날카로운 비트가 출렁인다 중력을 이기는 것은 한순간입니다 우주를 나는 데는 날개가 필요치 않습니다

몸에 맞지 않는 비트를 입고 밤하늘을 보라 당신은 우주인이다

위 시는 영상처럼 시청각화의 한 예라고 할 수 있다. 시청각적인 영상을 시로 옮겨놓았다. 음악이 들리고 한 남자가 계단에서 담배를 피운다. 그리고 다시 음악, 그리고 또 음악의 가사와 함께 우주선이 우주를 떠가는 모양을 그린다. 언어문자로 되어 있는 영상이다. 그리고 그 영상들 사이사이에 청각적인 내레이션을 넣었다. 따라서 이 시는 마치 한 편의 광고 영상처럼 되어 있다.

영화 편집 용어에 몽타주란 것이 있다. 여러 개의 영상, 다른 시공간에서 촬영한 영상들을 모은 영상이 몽타주이다. 몽타주 기법을 영화에 적극적으로 도입한 에이젠슈타인에 따르면 서로 이어지지 않는 장면들을 붙여놓으면 그것들이 충돌을 일으켜 새로운 의미와 아름다움

을 만들어낸다고 한다. 시도 이와 같이 시각적 영상만을 보여주되 몽타주로 편집할 수 있다.

　　이른 아침 아스피린한다 협탁을 더듬더듬, 어슬, 아슬하다 끄벅끄벅, 아스피린하다가 무지근히 아스피린한다 눈에서 햇빛이 부서진다 갸르릉거리는 목소리가 꿀꺽 대롱대롱 입술에 열린다 늙은 사내의 아침이 물 기침 속으로 아스피린한다 꼬부랑 목소리가 '자, 물!' 녹슨 철근처럼 휘어진다 거울 속으로 하얀 천사들이 뽀글뽀글 날아다닌다 창밖으로 앳된 아스피린 한 알 태양인 듯 희부득 동 ～ 그마니, 지붕으로 굴러 올라간다

　　파자마를 입은 행성 하나 당신 안으로 메아리진다

　위 시를 보면, 1연과 2연은 아주 다른 곳에서 가져온 몽타주다. 1연은 내레이션과 영상이 동시에 편집되어 있다. 1연이 노부부의 아침 풍경과 내레이션이라면 2연은 우주의 풍경에 대한 내레이션이다. 둘은 전혀 다른 영상이지만 서로 충돌하여 새로운 의미와 풍경을 만들어낸다.

연습 1 현대모비스나 기아자동차 K시리즈 광고 영상을 보고 그 영상을 내레이션과 함께 시각적으로 내려 적어보시오.

연습 2 몇 개의 장면을 시각적 영상으로 만든 다음, 그것들을 몽타주 기법으로 병치해보시오.

과제 16 다음 조건으로 영상시를 써보시오.

(1) 힙합이 경주를 한다

(2) 누추한 골목에서 막 나온 자동차

(3) 흐린 날이다

(4) 시끄러운 소리가 떠오르고

(5) 힙합 차림을 한 여자가 담배를 피우며

(6) 늦은 오후다

(7) 힙합으로 그리는 거리

(8) 중얼중얼 따라 부른다

(9) 손에 다육식물 화분이 들려 있다

(10) 뿌리 없는 식물이다.

(11) 비가 내린다

(12) 저만치 30번 버스가 온다

(13) 이층 옥상에서 내려다본다

(14) 경적이 울리고

(15) 한 소녀가 반대쪽에서 힙합 스텝으로 걸어온다

(16) 물끄러미

(17) 힙합이 로큰롤로 바뀌고

(18) 달을 끌고 가는 손가락들

(19) 태엽 감는 목소리

(20) 그래, 그래 그래

2
일상의 단상

그림이나 음악, 소설에서 미니멀리즘이 한때 쓸고 지나간 적이 있다. 미니멀리즘은 과도한 주관적 상상이나 수식어, 문학적 장치를 최소화하자는, 있는 그대로를 표현하자는 예술의 한 경향이다. 표현주의가 예술가 자신의 표현 욕구를 과잉으로 드러내려 하고, 아르누보가 화려한 장식적 표현을 즐긴다면, 미니멀리즘은 예술가 자신의 욕구를 최소화하여 있는 그대로를 보여주자는 의식에서 출발한다. '최소한주의', 혹은 본질을 표현하자, 라는 목표로 1960년대 후반 미술계에서 시작된 미니멀리즘은 작가의 의도나 장식을 최소화하여 사물 자체를 단순하게 표현하려 한다. 로버트 모리스의 그림 〈L자형의 방〉〈무제〉 시리즈 등은 관념적이라 할 만큼 단순 구조물을 관람자가 방향에 따라 자유롭게 느끼도록 설치하고 있다. 미니멀리즘은 작가보다는 독자나 현장의 시간과 공간의 실재를 중요시한다. 이후 음악이나 디자인, 건축 등 다양한 분야에서 활발하게 응용되었고, 실생활에도 영향을 입혀 '미니멀 라이프'라는 말까지 만들어냈다. 미니멀 라이프는 단순한 생활 방식으로 살아가자, 라는 목표로 시간과 공간의 여유를 즐기며 여행에 집중하려 한 2030 세대에게 각광을 받았다.

소설에서도 레이먼드 카버가 묘사보다는 사실적인 표현과 하드보일드 문체인 단문으로 표현하자는 시도를 한 바 있다. 그는 꾸밈이 많은 묘사보다는 사건을 구체적으로 표현하고자 했으며, 그것도 단문으로 쉽게 표현하려고 애썼다. 그만큼 사건은 빠르게 전개되고, 사건과 사건 사이에 묘사는 길게 늘어놓지 않는다. 소설은 극히 단순한 일상, 통속적이기도 한 일상을 특별할 것도 없는 플롯으로 전개 된다. 하지만 통속적 일상에서 앙금 하나의 여운을 남긴다. 이는 헤밍웨이의 하드보일드 문체와 유사하여 헤밍웨이를 다시 읽는 계기를 만들기도 했다.

시도 마찬가지이다. 그동안 이미지즘, 몽롱파의 영향으로 시에서 과도한 장식, 혹은 몽롱한 언어들을 써왔는데, 그러한 시들에 대한 독자들의 반응은 '알 수 없어요'다. 독자들을 전혀 고려하지 않는 이러한 시들은 시인 자신이나 시단 내에서만 유통되는 자폐적인 경향으로 흘렀다. 이에 우리 시단 밖에서 미니멀리즘에 대한 욕구가 분출했다. 이제 시도 시적 장치나 시인의 내면을 너무 노출하기보다는 사실 자체를 단순한 문장으로 독자와 공감하도록 해야 한다는 취지가 그것이다. 그리하여 사물이나 대상 자체가 스스로 시로 나타나도록 시인은 하나의 세트를 옮겨오기만 하면 된다. 이러한 시들은 겉으로는 현상을 단순하게 드러내는 것 같지만 다 읽고 나면 앙금이 남아 있는 느낌이 나타난다. 이때 무엇보다도 중요한 것은 문학적 장치나 의도를 최소화해야 한다는 데 있다. 그만큼 시에서 단문을 많이 쓰고, 그리고 문장 밖의 의미를 최소화한다.

> 비 오는 날
> 창가에서
> 제라늄이 언뜻, 이파리를 흔든다.

위의 시는 어떤 수식이나 시적 장치 없이 있는 대로, 느끼는 대로 단순하게 표현하려고 했다. 문장은 전혀 비틀거나 어렵게 쓰지 않고 비가 오는 날의 풍경을 그대로 보여주고 있다. 하지만 하이쿠나 선시처럼 가슴을 쿵, 하게 치지는 않지만 적나라한 생활감이 있다. 이에 비해 하상욱의 시와 같이 시적 화자의 의도를 너무 드러내는 경우도 있다.

> 그냥
> 알아서
>
> 제발
> 꺼져라
> ── 하상욱, 「불 안 끄고 그냥 침대에 누움」

위 하상욱 시는 극히 단순한 단상이면서 화자의 일상적 의도를 숨김없이 통속적으로 드러낸다. 이러한 단상은 미니멀리즘의 한 왜곡된 형태라고 해야 할 것이다. "높은 곳/부터//더러운/세상"(「미세먼지」)이나 "무엇/으로도//채울 수/없네"(「이력서」) 등에서 보듯 평범한 일상에서, 어쩌면 통속적 일상의 감상에서 크게 벗어나지 않는다.

　하지만 이러한 서정은 그 단순성이 우리의 일상적 감상을 그대로 보여준다는 점에서 통속적 감상의 시 형태라고 할 수 있다. 전문 시인이 아니기 때문에 그의 시에는 대중의 감성에 치우친 느낌이 있다. 이에 비해 양소은의 짧은 시「라일락」은 감각의 순간적 발견이 있다.

　　무슨 향수를 쓰니
　　4월

　또한 읽고 나면 후유증처럼 오래 남고, 가슴으로 파고드는 바늘처럼 날카로운 맛이 있다. 시에서 미니멀리즘이 있다면 이러한 방향이 아닐까 싶다.

연습 3 일상의 한 장면을 어떤 기교나 비유 없이 한 문장으로 쓰되 다 읽고 나면 앙금처럼 남는 느낌이 다가오도록 시를 써보시오.

연습 4 비가 오는 장면이나 거리의 풍경을 냉정한 시각적 영상으로 그려 보시오.

연습 5 일상에서 떠오르는 단상을 생활 속에서 취재해 한 문장으로 써보시오.

과제 17 다음의 자료를 자신에게 맞게 변형하여 영상시를 써보거나, 아래 자료를 무시하고 자신의 일상에서 짧은 단상으로 시를 써보시오.

(1) 커피 가는 소리

(2) 햇빛은 한 장의 고지서, 창문에 꽂혀 있다

(3) 개를 산책시키는 여자

(4) 노숙하는 자동차들

(5) 높은 건물에서 크레인이 빙빙 돈다

(6) 경적이 울린다

(7) 한 여자가 들어온다

(8) 손가락을 까닥거린다

(9) 하늘에 떠도는

(10) 벽에는 크림트의 여인이 노랗다

(11) 빈 자리들

(12) 한 남자가 문을 밀고 들어온다

(13) 여자가 커피숍을 나간다

(14) 바람에 책장이 넘어간다

(15) 커피 잔에서 손가락이

(16) 명자꽃

(17) 모래시계가 보인다

(18) 찻잔이 덜컥거린다

(19) 우리는 모두 뇌성마비에 걸린 거야

(20) 그러면 어때

제9장

시는 고칠수록 좋아진다

시란 오르가즘의 향유이다. 시는 찾아낸 이름이다. 언어와 한 몸을 이루면
시가 된다. 시에 대해 정확한 정의를 내리자면, 아마도 간단히 이렇게 말하면
될 듯싶다. 시란 혀끝에서 맴도는 이름의 정반대이다.

　　　　　　　　　　　　　　　　　　　──파스칼 키냐르, 「혀끝에서 맴도는 이름」

시는 고칠수록 좋아진다

　퇴고(推敲)는 백 번 강조해도 모자라다. 최고의 퇴고는 마음 좋은 애
인의 너그러움보다 신랄한 적(敵)의 심정으로 하는 게 좋다. 한 편의
시를 최소한 열 번 이상 고치지 않고는 발표하지 않겠다는 마음가짐
을 갖지 않고는 작품의 완성도를 높일 수 없다. 시는 문학의 어떤 양식
보다도 예술적이기 때문에 그 형태의 아름다움을 최고조에 이르게 해
야 한다. 음악처럼, 그림처럼 그 형태의 아름다움을 추구하지 않는 시
는 본래적인 시 예술의 영역에 속할 수 없다. 사람마다 시를 쓰는 자세
는 다르겠지만 시의 완성도를 따지는 데에서는 차이가 없다. 그렇기
때문에 어떤 이는 오십 번 이상 고치지 않으면 시를 발표하지 않는다
는 고집을 부리기도 하고, 평생에 백 편 이상의 시를 쓰는 것은 언어의
낭비라고 하는 이도 있다. 왼쪽으로 보고, 오른쪽으로 보고, 위에서 보
고, 아래에서 보고, 그리고 덮어놓았다가 한참 후에 꺼내 보기도 하고,
남한테 자문하기도 하면서 끊임없이 말을 바꾸고, 순서를 바꾸고, 내

것인가, 남의 것인가, 흘러간 옛날 노래인가, 아무도 부르지 않는 괴물의 괴성인가를 살피지 않고는 허턱, 내 것으로 내놓을 수 없다는 장인의식이 시인의 언어 감각이다. 그러면 시를 고치기 위해서는 어떻게 해야 할까. 고치는 방법에는 저마다의 법이 있겠지만 일반적으로 통용되는 것들 몇 가지를 적어보기로 하겠다.

첫째, 중복어가 있는가. 시는 짧기 때문에 같은 말이 자꾸 반복되는 것은 좋지 않다. 1행에서 쓴 말을 3행에서도 쓰고, 또 10행에서도 썼다면 그 말은 다른 말들로 바꿔야 한다. 물론 리듬의 반복구절이나 강조를 위해서라면 그냥 둬도 될 것이다. 그렇지 않다면 그 반복구절은 잘못이다.

둘째, 산문시로 할 것인가, 행갈이가 있는 자유시로 할 것인가. 산문시는 일반적으로 자유시보다 훨씬 리듬감이 있어야 한다. 산문시는 산문이 아니기 때문에 시로서의 최소한의 조건인 리듬감이 내용이나 언어 속에 함축되어 있는가를 따져봐야 한다. 뿐만 아니라 같은 시도 산문시로 써놓았을 때와 행갈이 시로 써놓았을 때 그 느낌은 아주 다르다. 산문시는 자칫 산문으로 도망가려는 관성이 있다. 그러므로 한 시행에서 문장 배열을 어떻게 할 것인가를 심사숙고하지 않으면 안 된다.

셋째, 방법론이다. 같은 표현도 방법에 따라 얼마든지 다르게 느껴진다. 전통 서정시의 방법으로 쓸 것인가, 포스트모던한 방법으로 쓸 것인가를 고려해서 써야 한다. 그리고 의미상으로도 감성이 물씬 풍기는 서정으로 할 것인지, 아주 메마른 서정으로 할 것인지에 따라 시의 느낌은 다를 것이다. 또한 방법론을 고려할 때 그 소재에 따라 그 효과가 다르므로 그 점을 고려해야 할 것이다. 민속적인 소재인지, 혹은 도시적인 소재인지, 침묵을 필요로 한 시인지, 많은 말을 해야 하는 시인지, 지적인 시인지에 따라 시의 방법은 아주 달라질 수 있다. 흘러간 노래도 한두 번이면 족하다. 너무 옛날 투의 시는 안 좋을 듯하다. 특히 초보자는 인기 시인들, 유행 시인들을 따라하지 말 것이다. 그런 시들은 이미 흘러간 노래이다. 또한 요즘 시에서 감상은 금물이다. 자기 감상에 빠진 넋두리 같은 시는 절대로 안 된다. 유행하는 스타일의 시를 쓴다고 나도 대중 시인이 되지 않는다. 자기만의 스타일을 찾아야 한다.

넷째, 우리말을 어떻게 해야 할 것인가. 우리시는 우리말로 된 시이다. 우리말을 거의 쓰지 않고 외국어 투성이의 시를 쓴다면 아마도 그 시는 수입품의 시라고 할 수 있을 것이다. 물론 수입품 시도 있을 수는 있다. 하지만 정통적인 우리시는 우리말을 중요시하는 시라고 해야 할 것이다. 우리말을 쓰라고 해서 이미 죽은 우리말을 쓰는 것도 무리이다. 외국어를 아주 무시하는 시도 안 될 일이다. 앞으로 모든 언어들이 섞이는 때가 온다면 우리말과 외국어가 자유롭게 혼용되리라 본다. 그때가 오기 전까지는 우리말이 중요하다.

다섯째, 자신의 과거의 시나 다른 사람의 시와 유사하지 않는가. 자신은 보지 못했다지만 자신의 과거 작품이나 남의 작품과 쏙 빼닮았다면 그 시는 표절이다. 자신이 보지 못했다고 항의해봤자 소용없는 일이다. 그러므로 작품을 완성해놓고 반드시 다른 사람에게 읽혀봐야 한다. 그러므로 내 작품을 열심히 읽어주는 나의 핵심 독자가 두세 사람은 있어야 할 것이다. 내 작품을 열심히 읽어주고 평가해주는 사람이 두세 사람 있다면, 그리고 신랄하게 비평해주는 몇 사람이 있다면 그만큼 행복한 시인이 어디 있겠는가. 또한 그 나물에 그 밥이라고, 시마다, 시집마다 다 똑같은 방법에 똑같은 정서의 시만을 쓴다면 그 시인은 한 권의 시집이면 충분하다. 한 스타일의 시를 여러 권으로 낼 때에는 그 스타일에 대한 깊이 있는 탐구가 있어야 한다. 그러므로 시인은 끊임없이 새로운 소재나 방법론을 탐구해야 한다.

여섯째, 노래조인가, 낭독용인가, 아니면 잡지 발표용인가를 살펴야 할 것이다. 노래조나 낭독용은 귀로 듣는 것을 중요시하기 때문에 리듬감을 중시해야 하지만 읽는 시는 사색이나 언어의 배열 등 예술성을 중시해야 한다.

영화감독이 영화를 촬영한 다음 부족한 부분을 채우기 위해서 재촬영을 하듯이 시인이 자신의 시의 완성도를 높이기 위해서는 머릿속에 있는 자신의 말들로만 시를 고칠 수는 없다. 의외로 우리는 자신이라는 감옥 안에서 살아가고 있다. 시를 고치기 위해서는 새로운 소재나 어휘들이 필요하다. 새롭게 말을 모으고 현장 취재를 다시 하여 자신의 시에 새로운 에너지를 불어넣어야 퇴고에서 시를 한 단계 업그레이드할 수 있을 것이기 때문이다.

연습 1 다음 시의 문제점을 지적하고 고쳐보시오.

    k야, 비가 내린다. 젠장, 연필을 콕, 콕, 찍는다. k의 자리는 비어 있다. 비의 공기에서 걸레 냄새가 난다. 저벅저벅, 비의 발자국 소리가 귀를 가로지른다. 환청으로 비가 내린다, 너는 들리지 않느냐. 플라타너스를 지나면 문방구가 있는데 왼쪽으로 돌면 복덕방이 있고 콧구멍을 쑤시는 할아버지 가게가 있고, 기억의 창가에서 제라늄이 언뜻, 찌부등하네. k, 네가 몸서리를 친다. 기억 속으로 k는 오고 있다. 연필로 길게 선을 그어 본다. 비가 정말로 오나 봐! 비의 교실로 유리창이 지나간다. 힐끗, 문은 입을 다물고 있다. 콕 콕 콕 유리창이 젖는다.

야릇한 일은 오스카 몰리니에가 올리비에의 시를 내게 보여주었을 때,
나는 올리비에에게 어휘들을 복종시키려 하기보다 어휘들이 이끄는 대로
따라가라고 충고했다는 점이다

— 앙드레 지드, 「위폐범들」

언어적 상상력으로 쓰는
시 창작의 실제

전기철

The Practice of Poetry Writing